KB093263

밥 한번 먹자는 말에 울컥할 때가 있다

그리움을 담은 이북 음식 50가지

밥 한번 먹자는 말에 울컥할 때가 있다

그리움을 담은 이북 음식 50가지

ⓒ 위영금 2023

초판 1쇄	2023년 5월 3일		
지은이	위영금		
출판책임	박성규	펴낸이	이정원
편집주간	선우미정	펴낸곳	도서출판 들녘
기획이사	이지윤	등록일자	1987년 12월 12일
편집진행	김혜민	등록번호	10-156
일러스트	정다은	주소	경기도 파주시 회동길 198
디자인진행	고유단	전화	031-955-7374 (대표)
디자인	하민우		031-955-7381 (편집)
편집	이동하·이수연	팩스	031-955-7393
마케팅	전병우	이메일	dulnyouk@dulnyouk.co.kr
경영지원	김은주·나수정		
제작관리	구법모		
물류관리	엄철용		
ISBN	979-11-5925-791-9 (03810)		

밥 한번 먹자는 말에
울컥할 때가 있다

그리움을 담은 이북 음식 50가지

위영금 지음

들녘

이 책은 2022년 남북통합문화콘텐츠 창작지원 공모 선정작으로, 통일부 남북통합문화센터와 남북하나재단의 지원을 받아 제작되었습니다.

일러두기

· 이 책의 맞춤법과 외래어 표기는 국립국어원의 용례를 따랐으나, 저자 고유의 글맛을 살리기 위해 방언 및 북한말 표기 일부는 그대로 두었습니다. 인용된 문학작품 역시 원문을 살렸습니다.

· 한글과 한자의 음이 같은 것은 병기하고, 음이 다른 것은 [ ]로 구분하였으며, 추가 설명이 필요한 경우에는 ( )를 사용하였습니다.

· 한자 표기는 최초 1회 병기를 원칙으로 했습니다. 단, 본문의 이해를 돕기 위해 필요한 경우에는 다시 병기했습니다.

· 본문 각주는 독자의 이해를 돕기 위해 편집자가 작성한 것입니다.

목차

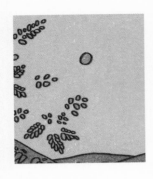

2. 끼니로 빈부를 가늠하던 날들

3. 취한 듯 살고 싶은 인생이어라

4. 고향의 맛과 이야기를 담다

5. 어제와 오늘, 맛과 기억을 요리하다

들어가며

왜 음식인가

음식과 관련이 없는 사람이 있겠냐마는, 내게 음식은 현실이었고 생존의 문제였다. 굶어죽지 않으려 두만강을 건넜고, 먹고살기 위해 고향을 떠났다. 그리고 지금은 음식이 풍족한 세상에 산다. 그럼에도 삶이 무의미하고 스스로가 무가치하게 느껴졌다. 처절한 외로움 속에 마지막 숨을 고르듯 하루를 버티며 살았다. 나 자신을 일으켜야만 하는 순간과 마주했다.

　풍요로운 남쪽의 생활에서 빈자리를 채울 수 없는 마음. 그것은 분단된 한반도의 아픔이고 고향을 떠나온 자, 돌아갈 고향이 없는 자의 슬픔이다. 꽉 막힌 답답함을 풀어줄 무언가를 찾고 싶었다.

　문득 덩그러니 놓인 김치냉장고가 눈에 들어왔다. 나는 황급히 김치통을 꺼내 열고 김치를 입에 넣었다. 음식, 맛, 어머니, 고향……. 머릿속에서 단어들이 어지럽게 흩날렸다. 음식은 그렇게 기억의 중추신경을 자극하면서 현재의 나를 과거와 연결했다.

　음식과 관련된 책을 읽기 시작했다. 음식을 먹지 않는 시간은 죽어있는 시간이다. 원하던 음식이 눈앞에 있음에도 차마 먹지 못했던 순간이 있었다. 허기를 이기지 못해 빌붙어 먹고살았던 시간도 있다. 잃었던, 잃지 않으려 했던 시간에서 지금에 이르기까지 줄곧 자문했다. 먹기 위해 사는가, 살기 위해 먹는가. 그렇게 삶의 끝에 섰다고 생각했던 순간 음식과 만났다.

음식은 '먹을 것'이며, '먹을 것'의 절반은 기억이다. 원
초적인 맛은 엄마의 손맛에서 시작한다. 맛은 혀에서만
느끼는 것이 아니다. 오감을 동원해야 진정한 맛을 알 수
있다. 혀끝에서 시작해 보고, 듣고, 맛보고, 씹고, 삼키면
서 맛을 기억한다.

최고의 맛은 어떤 음식에서 만날 수 있을까? 호화스러
운 장소에서 비싼 재료로 만든 최고급 요리라면 최고의
맛일까? 아니다. 최고의 맛은 먹는 행위가 영원한 기억으
로 남는 순간에 다가온다. '기막히게 맛있는 맛'은 뇌에 전
달되어 기억되고, 그 맛은 뼈에 새겨진다. 이것은 맛의 빈
부에 따른 것이 아니다.

고향을 떠나고 나서야 가족의 소중함을 알게 되었다.
맛의 원형은 어머니의 손맛이며 값을 매길 수 없는 그리
운 추억으로 남았다. 강 저편에 가족이 굶주리고 있는데
밥상을 앞에 둔 것이 죄악처럼 느껴졌다. 그러다 그것도
차츰 무뎌졌다.

'입맛을 잃는다'는 것은 질병에서 기인하기도 하지만,

마음의 병에서도 일어난다. 나는 입맛을 되찾기 위해 아물어가는 상처의 딱지를 떼고 또 떼어냈다. 그리고 스토리 있는 음식을 요리하기 위해 모든 기억을 불러냈다. 얼룩진 시간도 빛나는 시간도 모두 내가 살아온 삶이다. 내가 먹고 내가 되었듯 지나온 시간 동안 기쁘고 슬프고 감사한 이야기를 밥상에 올렸다.

글을 쓰면서 나는 나를 더 잘 알게 되었다. 먹은 시간과 살아온 시간이 곧 나였다. 기억 속의 맛을 살리기 위해 음식을 직접 만들어보고 지역명이나 인물의 관계, 시기를 가급적 자세히 쓰려고 했다. 내 삶과 함께한 맛과 기억들을 요리하는 시간이었다.

2021년, 경기신문에 음식 칼럼을 연재했다. 첫 문장이 '쩡~ 한 함경도 김치'이다. 음식에 관심을 가지면서 김치가 나에게 주는 정체성과 동질감, 맛의 원형이라는 생각이 문장을 만들게 했다. 꽉 막힌 답답한 생각을 확 풀어주는 쩡~ 한 무언가를 찾게 하는 것이 시원한 함경도 김치이다. 의도하지 않아도 그리움으로 폭발하는 몸이 기억하는 맛, 이것을 감각과 감동의 맛으로 요리하는 것이다.

남과 북, 어제와 오늘을 잇는 음식

음식에는 삶이 있고 살아온 역사가 있다. 남북이 분단되어 오랜 시간이 지났어도 김치를 좋아하고 국수를 즐기는 음식문화는 변하지 않았다. 글을 쓰면서 다시금 깨달은 이러한 사실로, 나는 음식에 더욱 마음을 두게 되었다. 남쪽 음식 맛은 풍부하고, 북쪽 음식은 담백하다. 그리고 가난과 풍부함을 가진 스토리 있는 음식은 또 하나의 문화를 만들어낸다.

분단된 국가에서 북한학을 공부한다는 것은 뼈아픈 일이었다. 북한학을 공부하기 전으로 돌아간다면 나는 어떤 선택을 할까? 아픔을 기억하고 공부하며, 고통 속 음식을 떠올리는 일마저 뒤로했다면 어땠을까. 가족을 돌보는 평범한 주부로 살아가며 과거를 잊었다면 편해졌을까.

내게 먹거리가 없어서 사람이 죽었다는 게 사실이냐고 묻는 사람들이 있다. 되새기기 어려운 시기를 지나왔기에 여전히 대답하는 데에 고통을 느낀다. 가볍게 말해버리기에 나의 과거는 트라우마가 되어 돌덩이로 남았다. 그래서 나는 더욱 글을 쓰면서 문장 하나하나에 정성을 기울였다. 시대를 넘어 읽히는 주옥같은 문장들은 가장 어려운 시기에 나왔다. 하물며 전쟁과 같은 상황을 겪은 사람에게 고통은 빛나는 보석을 만들 수 있는 자원이 된다.

나는 이 책이 묻는 사람과 답하는 사람에게 여운을 남기는 책이 되었으면 좋겠다.

맛과 기억을 요리하며

"밥은 먹고 다니냐?"

때로는 건성으로 건네는 한마디에 눈물이 핑 돌 때가 있다. 다 먹고살자고 하는 노릇인데, 겨울에는 김치밥과 나물밥으로 버텼고 고난의 행군 시기는 그야말로 먹지 못해 죽은 시간이었다. 시간이 멈춘 것만 같던 그때, 그저 쌀밥 한 숟가락 먹는 것이 소원이었다. 이제 나는 남쪽에서 전기밥솥을 열 때마다 별무리처럼 반짝이는 밥무리를 본다. 그리고 감탄한다. "별 같은 이 밥을 먹으려고 태어났나봐!" 하고.

고향 음식을 기억할 때에, 엄마 손맛만 있는 것은 아니다. 함경도 명태김치를 먹고 자랐지만 삼수갑산 갓김치 같은 경우 중부지역인 내 고향에는 없는 것이다. 어느 곳이든 그곳만의 정서가 있다. 일상에서 먹고, 매일 먹어도 질리지 않는 음식. 시간에 묻힌 이야기를 꺼내 기억을 요리한다. 기억의 요리는 시공간을 넘나든다. 삶을 만들어 온 맛의 요리는 낯설어서 기억되지만 때로는 특별하지 않아서 편안하다.

익숙한 음식은 '안심하고 먹어도 되겠다'는 안도감을 준다. 평범한 기억도 요리가 된다. 맛의 기억은 과거와 단절되는 것이 아니라 연결되는 것이다. 기억 속 음식은 익숙하고 안전한 맛이라면, 낯선 맛은 새로움이다. 몸이 기억하는 맛의 원형을 찾으면서 자신을 알고 그리고 상대가 좋아하는 것도 알게 되었다. 나아가 다른 문화에 얽힌 이야기를 들려줄 수도 있다.

맛난 식탁으로 이끄는 남쪽 사람들 덕분에 색다른 음식을 알게 되고, 새로운 음식 문화에 빠져들었다. 새로운 요리를 만나는 것은 정체불명의 우주를 발견하는 것보다 위대하다는 말이 있다. 맛의 세계는 경이롭다. 나는 독자 여러분이 주방에서 쉽게 따라 만들 수 있는 음식, 스토리가 있는 추억의 음식 50가지를 소개하고 싶다.

이 책은 북한의 지역과 문화, 정서를 이해하도록 도울 것이다. 강냉이를 먹던 식문화에서 다양한 음식이 등장한 장마당 문화를 통해 북한 사회의 변화를 보여준다. 동해안과 서해안의 식문화가 다르듯, 각 지역마다 특색 있는 음식이 존재한다. 이 책이 북한의 음식문화를 알리는 계기가 되기를 기대한다.

먹거리도 전쟁이지만, 문화도 전쟁이다. 그런 의미에서 이 책은 우리의 삶이 만들어온 맛과 기억에 가치를 부여한다. 김장문화가 유네스코에 등재되었듯, 북한이탈주민이 만든 음식문화가 분단을 해소하는 데에도 기여하기를 희망한다.

2023년, 봄꽃과 함께 인사드리며
위영금

1

발효의 감각을 되새기며

김
치

쩡한 맛 함경도 명태김치

"새벽에 아이를 낳고 문을 여니 하얀 눈이 소복이 쌓였
더라."

내가 태어났을 때, 위로 오빠 둘에 언니가 있었다. 둘째
오빠는 선천성 소아마비 장애인이다. 내가 태어날 당시
북한에서는 아이를 둘 이상 낳지 말라고 했다는데, 고집
스레 언니에 이어 나까지 출산한 것을 보면 부모님은 인

맥 없는 타향에 형제라도 많아야 한다는 생각을 하셨던 모양이다. 1960년대에 부모님은 중국에서 오빠 둘을 낳고 두만강을 건너 북조선으로 갔다.

부모님이 두만강을 건너 북조선에 봇짐을 풀어놓은 곳은 고원탄광*으로 유명한 함경남도 고원군 수동구 장동이었다. 토박이는 거의 없고 석탄을 캐려고 모여든 낯선 사람들이 어울려 사는 작은 도시였다. 아파트와 단층집 사이로 좁은 계곡이 흘렀다. 계곡물이 워낙 사나워 장마철에는 매섭게 불어나 우리 집을 덮친 적도 있다. 산과 산 사이가 좁아 어머니는 자주 답답하다고 호소했다. 함경도 명태김치는 부모님의 답답함을 풀어주었다. 급조한 하모니카 단칸방에서 그렇게 우리 여섯 식구는 명태김치를 먹으며 살았다.

가을에 김장배추 담그는 작업은 간단하지 않다. 어머니는 교편을 잡았던 손으로 김치 담그는 법을 배웠고, 반년

* 무연탄을 생산해 함흥 화학공업기지에 보내는 규모가 큰 기업소이다.

식량이 되는 김치로 자식을 키웠다.

　나는 함경남도 고원군 수동구 장동에서 태어나 1998년 탈북하기까지 세 번 이사했다. 그때마다 어김없이 김장독을 깨지지 않도록 가보처럼 정히 싸서 이삿짐에 실었다. 남쪽에는 집집마다 주차장이 있듯, 북쪽에는 김치움이 있다. 이사를 할 때마다 김장독 묻을 자리를 살피고, 자리가 넉넉하고 괜찮으면 어머니 얼굴에는 미소가 피어났다.

　북쪽에서는 대개 김장을 반년치 식량으로, 가구당 톤(t)으로 담는다. 오죽하면 김장을 '전투'라고 했을까? 나뭇잎이 떨어지고 서리가 내리면 사람들은 배추가 얼기 전에 서둘러 김치를 담그려 분주히 움직인다. 어마한 배추를 쌓아놓고 절이고 양념하고 움에 넣는 것까지 꼬박 일주일은 걸린다. 사람들과 어울려 함께 담그지 않으면, 그 많은 양을 혼자서는 할 수가 없기에 공동 수돗가에 모여 품앗이처럼 이 집 저 집 돌아가며 김장했다.

　가을이면 손을 호호 불어가며 김장했다. 그렇게 만들어 넣은 김치를 눈 내리는 날 개봉한다. 살얼음을 조심히 비껴내면 발효된 김치가 있다. 발그레한 김칫국물까지 푹 퍼 담아 손으로 죽죽 찢어 밥 위에 얹어 먹고, 소랭이*에 담아 집집마다 다니며 김치를 추렴한다. 밥이 없어도 김치만 먹으며 "뉘네 집** 김치가 맛있나?" 하고 채점하면서 먹었다. 해마다 똑같이 만들어도 김치는 날씨에 따라 기막히게 맛있기도 하고 그렇지 못한 때도 있었다.

쩡한 맛, 가슴을 관통하는 이 맛은 몸이 기억하는 언어다. 그래서 그런지 내게도 김치 유전자가 뿌리 깊이 박혀 있는 것 같다. 첫눈이 내리면 배추가 얼지 않을까 걱정하고, 김치냉장고가 비어가면 서둘러 김치를 채워 넣어야 마음이 놓인다.

답답할 때면 김치를 먹어야 속이 시원히 풀린다. 삶의 끈을 놓아버리고 싶을 때에도 쩡한 함경도김치를 먹으며 정신을 차렸다. 하루라도 김치를 먹지 않으면 속에 털이 난다는데, 김치 한끝으로 오장이 시원해진다.

북쪽 김치는 물이 많다. 김치를 버무리고 며칠 지나 국물을 만들어 넣는다. 연탄불에 중독되면 술 취한 것처럼

---

*   '대야'의 방언
**   누구네 집

머리가 핑 돌고 정신을 잃게 된다. 이때 김칫국물을 마시면 거짓말처럼 정신이 맑아지며 회복된다.

새싹 돋아나는 봄부터 가을까지 산이나 들에 있는 풀은 모두 김치 재료가 될 수 있다. 봄에는 움에 있던 무와 무에서 돋아나는 싹으로 나박김치를 담고, 여름에는 미나리김치와 오이김치, 콩나물김치를 먹는다. 가을에는 겨울김치가 익기까지 겉절이, 석박지*를 담는다.

함경도 명태김치는 명태를 잘 익혀야 감칠맛을 살릴 수 있다. 공기와 접촉하지 않도록 봉했다가 두 달 정도 지나 개봉하면 쩡한 함경도 명태김치가 된다. 지금은 북쪽 공장에서도 류경김치공장을 시작으로 각 도都마다 김치공장을 만들어 대량 생산을 시도한다. 김치공장이 제 역할을 다해 추운 겨울 언 손을 녹이며 김치를 담그던 수고를 덜어주었으면 하는 바람이다.

---

*   대개 김장하고 남은 무와 배추로 담근 것, '써래기김치'라고도 한다.

함경도 명태김치 만들기

재료

배추, 무, 소금, 마늘, 고춧가루, 갓나물, 생강, 멸치젓, 새우젓, 명태, 파

만드는 방법

1. 배추를 초절임한다. 무는 큼직하게 썬다.

2. 명태를 손질하여 양념에 버무려 하루 재워둔다.

3. 무는 채치고, 갓나물, 파, 마늘 재료와 삭힌 명태를 섞어 양념을 만든다.

4. 초절임한 배추에 양념을 고루 발라 독에 넣으면서, 그 사이에 무를 넣는다.

5. 삼삼하게 만든 국물을 김치가 잠길 정도 붓고 공기가 들어가지 않도록 봉한다.

삼수갑산 내 왜 왔노 삼수갑산 어디뇨
오고나니 기험崎險타 아하 물도 많고 산 첩첩이라 아하하

내 고향을 도로 가자 내 고향을 내 못가네
삼수갑산 멀다더라 아하 촉도지난蜀道之難이 예로구나 아하하

삼수갑산 어디뇨 내가 오고 내 못 가네
불귀不歸로다 내 고향 아하 새가 되면 떠가리라 아하하

님 계신 곳 내 고향을 내 못 가네 내 못 가네
오다가다 야속타 아하 삼수갑산이 날 가두었네 아하하

내 고향을 가고지고 오호 산수갑산 날 가두었네
불귀로다 내 몸이야 아하 삼수갑산 못 벗어난다 아하하

_김소월, 「삼수갑산」*

*   김소월, 「삼수갑산-차안서선생삼수갑산운(次岸曙先生三水甲山韻)」, 『신인문학』, 1934

삼수갑산은 낯설고 멀다. 압록강, 장진강, 허천강 세 갈래 물줄기 사이에 있다고 해서 삼수三水이고 혜산에서 140리 들어가면 갑옷 같은 산이 많다고 하여 갑산甲山이다. 이곳이 왜 낯선 곳이냐면 삼수갑산에서 조선팔도 어디든 갈 수는 있어도, 삼수갑산에 가기란 힘들기 때문이다.

나와 친구는 그렇게 멀고 먼 길을 나섰다. 삼수갑산은 동갑내기 친구의 고향이다. 함흥에서 길주, 길주에서 혜산까지 닿았지만 여전히 백여 리 길이 아득했다. 다행히 같은 방향으로 가는 자동차가 있어 얻어 탈 수 있었다. 그러고도 목적지에 가지 못해 생전 처음 보는 나귀를 탔다. 친구가 말이라고 하는데, 영화에서 본 말보다는 허리가 낮고 덩치도 작았다.

당시 한창 사과철이었다. 친구와 나는 제일 좋은 사과를 골라 함흥에서부터 배낭에 무겁게 지고 갔다. 높고 기험崎險한 산골에서 살고 있는 친구 가족들이 사과를 보고는 얼마나 좋아하시던지. 이렇게 크고 향기로운 사과는 처음 본다며 함흥 사과는 동네 구경거리가 되었다. 어째서 친구가 그 무거운 것을 우겨가면서 기어이 가져가려고 했는지 이해되었다.

나는 삼수갑산에 있는 모든 게 낯설었고, 사람들은 도시에서 온 나의 모든 것을 궁금해했다. 돼지를 무리 지어 방목하는 것도 희한한 광경이었다. 게다가 아스라이 높은 산 아래 무연한 강냉이밭이 있다는 것. 그리고 나귀인가 하는 말이 시도 때도 없이 방귀 소리를 날리는데 사람들이 이를 태연히 듣고 있으니 놀라 죽을 지경이었다.

친구의 할머니는 하얗게 센 머리에 연세가 지극하셨음에도 허리는 곧았다. 삼대가 한집에 살며 할머니를 모시는 기강 있는 집이었다. 친구의 집안은 백두산 줄기의 자손들로, 삼수갑산을 벗어나 도시에서 모두 한자리씩 하고 있었다.

친구는 나보다 머리 하나는 더 있어 눈에 띄게 키가 컸다. 열네 살에 스키 선수로 선발되어 도시로 가게 되었고, 국가축구선수로 4.25 체육단에 있다가 부상을 입었다. 제대하고 붕 떠있는 사이, 함흥에 있는 도지방총국기능공학교[*]에서 옷 디자인을 배우며 친구가 되었다.

곤히 잠든 나를
깨우지 마라
하루 온 종일
산비탈 감자밭을
다 쑤셔 놓았다

소 없는 어느 집에서
보습 없는 어느 집에서
나를 데려다가
밭을 갈지나 않나!

백석,「메돼지」

아침에 일어나면 차가운 공기가 볼을 스치고, 굴뚝 연

---

*   함경남도에서 관리하는 도에 하나밖에 없는 직업기술학교로,
각 시·군에서 선발된 사람들이 패션, 용접, 설계 등을 배운다.

기가 안개처럼 피어올랐다. 첩첩산중에 멧돼지라도 튀어나올 것 같은 곳으로 날렵한 개들이 쏘다녔다. 이슬이 반짝이는 마을, 이곳에서 사람들은 무엇인지 모를 새로운 맛을 선보였다. 감자를 재빠르게 갈아서 거르고, 비틀어 짜고, 눌러 음식을 만들었다.

사과가 크다며 신기해하는 이 마을에는 돌배라는 작은 열매가 자란다. 집 뒤쪽으로 가면 커다란 항아리가 있어, 거기에 작은 사과처럼 생긴 돌배를 넣어 익혀서 먹는다.

집에서 조금 내려가면 맑은 샘이 있고 옆에 김치 움이 있었다. 시원한 맛을 느끼려고 샘 가까이 움을 짓는다. 여름에도 손 시릴 정도로 허옇게 성에가 서린 김치 움에 사다리를 타고 내려간다. 여기에다가 가을에 절여서 봄, 여름 두고 먹을 김치와 감자를 보관한다.

퐁퐁 솟는 샘물은 이가 시리도록 차다. 집과의 거리가 멀지 않아 들락거리며 도와주었는데, 감자로 만든 음식은 먹기엔 좋아도 손이 너무 많이 간다.

현대시 최고의 절창인 시인 백석은 량강도* 삼수군 관

---

*   양강도

평리에 살았다. 1996년, 향년 85세로 눈을 감은 그의 재능
은 삼수갑산에서 빛을 보지 못했다.

　　삼수갑산 높은 산을 내려
　　홍원 청진 동해바다에
　　명태를 푸러 갔다 온 처녀,
　　한 달 열흘 일을 잘해
　　민청상을 받고 온 처녀,
　　삼수갑산에 돌아와 하는 말이—

　　"삼수갑산 내 고향 같은 곳
　　어디를 가나 다시 없습데,
　　홍원 청진 동태 생선 좋기는 해도
　　삼수갑산 갓나물만 난 못합데"

　　_백석, 「갓나물」 중에서[*]

*　　안도현, 『백석 평전』, 다산책방, 2014

삼수갑산의 갓은 여수 갓처럼 크지 않고 자연산 갓처럼 줄기가 연하다. 화산재 토양에 심어진 갓을 짜게 절여 마늘, 고춧가루에 버무려 갓김치로 만들어 다음 해 여름까지도 먹는다. 얼기설기 얽혀 있는 갓김치의 보랏빛 국물에 감자국수를 드셔보시라. 화산재에서 자란 삼수갑산 갓나물의 특유한 향취와 톡 쏘는 시원한 맛은 중부지역 내 고향에도 없다. 그래서 나는 친구 따라 삼수갑산에서 먹어본 갓김치가 원형이라 생각한다.

일주일이 순식간에 지나갔다. 삼수갑산으로 갈 때, 전화할 방법이 없어 "왔으니 마중 나오라"는 연락도 못 하고 차를 얻어 타느라 얼마나 고생했는지. 그래도 떠날 때는 허리가 낮은 말을 타고 나설 수 있었다.

나는 첩첩산중에 사람 사는 것이 궁금했고, 그곳에서는 삼수갑산으로 들어온 사과와 낯선 도시 사람과 세상일을 궁금해했다. 나를 귀한 손님으로 여겨 대접해주었던 갓김치는 시간이 지나도 잊히지 않는다.

최근 삼수갑산 근방에서 오신 분에게 갓김치를 화두로 던졌더니 말이 많아졌다. 나보고 '갓국'을 먹어봤냐고 묻기에 머뭇거렸더니 그게 얼마나 맛있는 건데 그것도 모르냐면서 갓 자랑을 멈추지 않았다.

삼수갑산 갓김치 만들기

재료

갓, 소금, 고춧가루, 마늘, 달래, 오미자 줄기

만드는법

1. 절인 갓을 고춧가루, 다진 마늘 등을 넣고 버무린다.

2. 독에 양념한 갓을 넣고 사이에 달래와 오미자 줄기를 잘라 한 돌기 한 돌기* 넣는다.

3. 독을 채운 다음 갓을 절였을 때 생긴 소금물에 물을 더 타서 독에 붓고 강냉이 오사리**를 한 벌 깐다. 위에 싸리가지를 얼기설기 놓고 누름돌로 꼭 지질러 갓김치가 국물에 푹 잠기게 한다. 꼭 봉했다가 익혀서 먹는다.

*　김치를 독 안에 차례로 돌려서 놓는다는 말이다.

**　옥수수 이삭을 싸고 있는 껍질

평안도는 평양과 안주의 첫 글자를 따서 만든 지명으로, 서해의 평안남북도와 자강도 일부를 포괄한다. 평안도 지역은 열두삼천리벌*이라는 평야를 비롯한 넓은 벌들이 있고 압록강, 대동강, 청천강 등 긴 강들이 서해와 연결되어 있다.

나 보기가 역겨워
가실 때에는
말없이 고이 보내드리우리다

영변에 약산
진달래꽃
아름 따다 가실 길에 뿌리우리다

가시는 걸음걸음

*　　평안남도 북서쪽 해안에 연결되어 있는 벌. 예로부터 우리나라에서 손꼽히는 곡창지대로 '안주벌'이라고도 한다.

놓인 그 꽃을
사뿐히 즈려밟고 가시옵소서

나 보기가 역겨워
가실 때에는
죽어도 아니 눈물 흘리우리다

_김소월, 「진달래꽃」

　시인 김소월의 고향은 평안북도 구성이다. 동해안에 살
았던 나는 그의 시를 보며 서해안인 평안도 진달래가 더
예쁠 것이라 상상해본다.

가난한 내가
아름다운 나타샤를 사랑해서
오늘밤은 푹푹 눈이 나린다

나타샤를 사랑은 하고
눈은 푹푹 날리고
나는 혼자 쓸쓸히 앉어 소주를 마신다

소주를 마시며 생각한다

나타샤와 나는

눈이 푹푹 쌓이는 밤 흰 당나귀를 타고

산골로 가자 출출이 우는 깊은 산골로 가 마가리에 살자

눈은 푹푹 나리고

나는 나타샤를 생각하고

나타샤가 아니 올 리 없다

산골로 가는 것은 세상한테 지는 것이 아니다

세상 같은 건 더러워 버리는 것이다

눈은 푹푹 나리고

아름다운 나타샤는 나를 사랑하고

어데서 흰 당나귀도 오늘밤이 좋아서 응앙응앙 울을 것이다

_백석, 「나와 나타샤와 흰 당나귀」

고향 사투리를 그대로 담은 백석의 시는 엉그러진 마음에 감성을 불러온다. 그의 고향은 평안북도 정주다. 백석이 그의 애인 자야에게 지어준 시 「나와 나타샤와 흰 당나귀」는 이루지 못한 사랑을 주제로 한다. 백석의 애인 자야

는 그녀가 평생을 가꾼 성북동의 요정 대원각을 법정스님에게 시주하면서, "그까짓 천억 원은 백석의 시 한 줄만도 못하다"며 백석에 대한 존경과 연모의 심경을 드러냈다.

한 줄의 시가 주는 매력은 참으로 크다. 백석의 평안도 억양은 부드럽고 편안하다. 그래서인지 나는 억양도 생각도 유연한 평안도 사람에게 호감을 가진다. 김소월이나 백석이 아니라면 동해안의 반대쪽인 서해안 지역에 대해 특별히 더 언급할 이유가 없다. 김소월의 고향은 평안북도 구성, 백석의 고향은 평안북도 정주로 모두 서해안에 위치해 있다. 세기를 넘어 읽히는 훌륭한 시인이 태어나고 영향을 받았던 그곳을 좋아하지 않을 수 없다.

평안도에 가보고 나서야 내가 살던 지역을 더 잘 알게 되었다. 평안도 사람들은 동해바다에 인접한 높은 고산지대에 사는 함경도 사람들을 생활력이 강하고 알뜰하다 하며, 함경도 사람들은 따뜻한 기후와 넓은 평야, 서해안에 위치한 평안도, 황해도 사람들을 온순하다고 한다. 함경도보다는 억양이 나긋하고 표현이 완곡하여 평안도 사람들은 남쪽에 와서도 적응을 잘한다.

어렸을 때, 부모님과 서해안에 위치한 평안남도 순천에 간 적이 있다. 순천에는 아버지 쪽으로 작은할아버지와 자손들이 살고 있었다. 멀지는 않았지만 동해에서 서해로 자주 오가기란 쉽지 않았다.

고난의 행군이라는 어려운 시기, 순천에 사는 삼촌이 함경남도 고원군 수동구 덕사에 있는 나의 집으로 찾아오셨다. 얼마나 급했으면 찾아왔을까. 하지만 우리도 사정이 넉넉하지 않아 도움을 주지 못하고 빈손으로 보내드렸다. 그렇게 맨손으로 보내드린 게 마음의 죄가 되어 맺혔다. 이후로 힘들고 마음 상하는 일이 생기면 과거의 죄가 있어 벌을 받는 것이라고 생각하는 버릇이 생겼다.

북에서는 무를 많이 심어 가을이면 땅속에 묻었다가 얼음이 풀리는 봄에 꺼내 김치를 담근다. 추운 겨울을 견딘 무에 새싹이 나 있고 비료를 덜 써서 그런지 달고 시원하다.

봄에 담그는 나박김치는 생기를 담고자 무 싹이 있는 것으로 한다. 바로 먹어야 하기에 얄팍하고 네모지게 나박나박 썰어서 고춧가루를 비벼 색깔을 낸다. 같은 방법으로 담그는 김치라 할지라도 남포에서 온 친구는 나박김치라고 말하고, 나는 물김치라고 한다.

주변의 밭이랑에서 봄기운에 자라는 달래도 넣고, 마늘과 생강을 넣고 소금물을 슴슴히* 만들어 가득히 부어 익혀 먹는다. 나박김치는 답답할 때 소화제로 마신다. 맛을 잃고 저승 문턱에 갔던 처녀가 사랑하는 사람이 만들어준 나박김치를 먹고 살아났다는 설화도 있다. 조선시대에 나박김치는 전염병을 예방하기 위해 먹는 음식이었다.** 이처럼 나박김치는 생기 있는 맛을 가득 담은 귀한 김치다.

동치미는 겨울에 먹는 김치다. 겨울을 의미하는 '동冬' 자에 물에 담근다는 뜻의 '침沈'이 '치미'로 변해 오늘날 동치미라 부른다.

평양냉면이 유명한 이유 또한 동치미에 있다. 평양냉면에는 동치미 국물이 들어가기 때문이다. 평안도 동치미는 독 안에서 자체 숙성되어 사이다 같은 탄산이 느껴진다.

---

*   심심하다. '심심히'의 북한말
**   김순몽, 박세거, 『간이벽온방』 나복저(蘿蔔菹), 1525

이 탄산으로 동치미 맛을 승부한다. 저온일수록 이산화탄소가 잘 나와 국물이 쩡~한 맛을 낸다.

재료는 무, 통고추, 파, 마늘, 생강, 소금이며 맛의 정도에 따라 사과와 배를 넣는다. 소금물이 '슴슴'해야 발효가 잘된다. 무의 시원한 맛이 어우러지는 평안도 동치미는 지역에서 소비하는 면麵과 결합하여 평양냉면의 훌륭한 육수가 된다.

평안도 말로, '닉은 동티미(익은 동치미)'를 먹으며 시인 백석과 김소월을 생각한다. 북에서는 유명한 시인에 대해 알 겨를이 없었다. 내용을 접했더라도 지금처럼 멋지게 읽지는 못했을 것이다. 김소월과 백석을 알아가며 평안도의 나박김치와 동치미가 더 좋아졌다.

나박김치 만들기

재료

무, 미나리, 배, 소금,
파, 마늘, 생강, 고춧
가루

만드는법

1. 무는 다듬어 깨끗이 씻은 다음 너비 각각 2cm 나
   박 모양으로 썬다.

2. 파는 1cm로 썰고 생강과 마늘은 다진다.

3. 미나리는 줄기만 다듬어 깨끗이 씻어서 길이
   3cm로 썰어 소금에 약간 절인다.

4. 배는 껍질을 벗겨 무와 같은 크기로 만든다.

5. 무에 고춧가루를 버무려 넣고 붉게 물들인 다음
   준비한 재료를 넣고 간을 맞추어 단지에 넣는다.

6. 1시간 정도 지난 후 소금물을 붓고 1~2주 동안
   익힌다.

나는 강냉이를 먹고 살아서 강냉이 맛이라면 귀신같이 안다. 옥수수는 강원도 옥수수가 맛있다. 강원도는 남북이 유일하게 지명을 같이하는 지역이다. 풋옥수수를 젓가락에 꿰어 열무김치를 곁들여 먹곤 했다. 태어나서 떠날 때까지 여름이면 풋강냉이에 풋절이김치*를 먹었다. 열무김치라고 했던가, 풋절이 김치라고 했던가? 오락가락하는 기억에도 맛은 확실하게 기억이 나서 어디서 누구와 어떤 맛으로 먹었는지 여전히 또렷하다.

강냉이밭에 푸른 잎사귀가 파도처럼 일렁이면 기다림이 시작된다. 가을을 기다리는 것이다. 사각거리는 잎새 소리가 귀에 맛 좋게 들리면 추수할 때다. 이삭의 끝부분까지 빼곡하게 채워져 고개를 숙이면, 한 해의 수고를 끝마친 옥수수를 베어낸다. 이것을 먹으려 가을을 기다린다. 규칙을 만들지 않아도 저마다 일을 마치고 돌아가는

*　　풋김치

완전하고도 평화로운 자연이 부러울 때도 있다.

옥수수는 남미가 원산지로 1492년 콜럼버스가 아메리카 대륙을 탐험한 이후 유럽으로 전해졌고, 임진왜란 이후 중국을 거쳐 한반도에 들어왔다. 마야 문명에서는 옥수수를 신이 죽었다가 부활한 작물로 여겼다고 한다. 신이 옥수숫가루를 반죽해 인간을 만들었더니, 말도 할 줄 알고 아이도 낳고, 신을 경배하고 예물도 바칠 줄 알았다. 그래서 마야 문명의 창조신화에는 옥수수 인간을 최초의 인간으로 기록한다.

옥수수는 매일 먹는 밥이고 주식이다. 있고 없음에 따라 사람들을 죽고 살게 만드는 신神과 같은 작물이다. 부모님은 산에 있는 공터에 수수, 조, 콩, 강냉이를 심었다. 강냉이는 비료를 먹어야 하는데, 비료가 없으면 거름이라도 듬뿍 준다. 비료는 함흥에 있는 흥남비료공장에서 생산되었다. 농장으로 들어오는 비료를 얻고 그것도 없으면 장사꾼에게 비싼 가격으로 거래하곤 했다. 북쪽에서는 농사일을 모르면 먹고살기 힘들다. 농사를 지어본적 없는 부모님이 얼마나 바둥거리며 살았는지 모른다.

거름을 듬뿍 먹은 풋강냉이는 달고 맛있다. 풋옥수수를

가마에 찌면 커피색 당분이 깔려 있다. 풍작일 때 강냉이 한 대에 두 개의 옥수수 이삭이 손톱 크기의 알들로 빼곡하게 차 있다. 배고픈 시기에 강냉이가 여물기만을 기다렸다. 이삭이 통통해지면 손톱으로 눌러서 적당한 압력으로 퐁, 튀어나온다. 이때가 비로소 풋옥수수를 먹을 때다.

풋강냉이와 먹는 열무김치는 일품이었다. 그렇다고 해서 열무를 먹으려고 일부러 심지는 않았다. 겨울 김치를 하려고 감자를 수확한 밭이나 공터에 열무 씨앗을 뿌린다. 씨앗을 많이 뿌려 어느 정도 자라면 솎아내 김치를 담근다. 늘 병상을 지고 사시던 어머니의 손맛이 뛰어났다고 생각하지 않는다. 그때는 어느 집이든 같은 음식을 먹었다.

달콤한 옥수수를 가마에 넣어 김이 오르기 시작하면 냄새부터 다르다. 옥수수에 젓가락을 꿰어 이리저리 굴리며 먹기도 하고 한 줄씩 뜯어서 먹기도 한다. 옥수수를 먹으며 본디 알싸한 맛에 고추를 넣어 더욱 매콤 시원한 열무김치를 국물과 함께 마시면 내일이 없어도 좋을 만치 만족스러웠다.

겨울김치가 떨어지는 봄이면 고랑에 배추를 심어 조금

자라면 솎아서 김치를 만들었다. 이를 풋배추김치라 했다. 미나리김치, 참나물김치, 나박김치, 무채김치, 양배추 김치, 콩나물 김치……. 소금에 절이면 모두 김치가 된다.

맛과 영양을 따져가며 먹은 것은 아니나, 당기는 것이 김치요, 보이는 것이 채소이니 그렇게 먹고 살았다.

김치를 담을 때는 국물을 따로 해서 붓는다. 김칫물은 국수를 넣어서도 먹고, 밥도 말아 먹는다. 겨울날 김칫물에 먹는 국수는 몸속의 열기를 환기시키는 쩡한 그 맛에 먹는다. 여름 묵에도 김칫물을 넣는다. 무엇이나 훌렁훌렁 넘어가 시원한 맛이 몸에 배어서, 누군가 가슴이 답답하면 김치를 먹으라 권한다. 열무김치는 풋내가 나지 않게 잘 씻어야 한다. 뿌리와 잎 사이에 붙은 것을 칼로 긁어낸다. 밀가루풀을 쑤는 대신 감자를 으깨어 넣으면 구수하다. 청양고추를 조금 넣고, 빨간 고추를 어슷하게 썰어 보기 좋게 넣는다.

열무김치 만들기

재료

열무, 파, 마늘, 고춧
가루, 청양고추, 감자,
멸치젓, 소금

만드는 방법

1. 열무 잎이 상하지 않게 씻어 소금에 두 세 시간
절인다.

2. 절인 열무를 살짝 헹구어 물기를 찌운 다음 마
늘, 고춧가루, 청양고추, 멸치젓으로 양념을 만들
어 버무려 단지에 넣는다.

3. 1시간 뒤쯤 감자를 삶아 으깨어 삼삼하게 소금물
과 같이 붓는다.

몇 시간 전까지만 해도 끼니를 걱정하던 하숙집 주인을 보았다. 강 하나를 건너왔을 뿐인데 시간이동을 한 듯 다른 세상에 있다. 옥수수 한 알 없어 죽은 사람이 얼마인데, 여기에서 닭이라는 놈은 그것을 밟고 다닌다.

두만강을 건너 조선족 남자를 만났다. 하루도 지나지 않아 결혼이 빨리도 성사되었다. 만나자마자 결혼생활을 시작해야 하는 급박한 상황이었다. 일생을 좌우하는 결혼, 아름다운 청춘을 튕겨보지도 않고 바로 결정해버렸다. 다른 사람의 도움이 없으면 한 걸음도 움직일 수 없는 상황에서 다른 선택은 없었다.

마찬가지로 아들의 결혼을 결정하고 주도적으로 움직였던 시어머니도 북한 사람을 며느리로 들이는 게 얼마나 위험천만한 모험인지 헤아리지 못했다. 나는 살기 위한 선택을 했고, 시어머님은 위험을 감수하고서라도 아들을 결혼시키려 했다.

두만강을 건너 내가 살았던 곳은 봄이면 배꽃이며 살구

꽃이 그림처럼 안겨오는 공기 좋고 물 맑은 곳이었다. 살면서 고향처럼 많이 정들었다.

먹고살기가 풍족해 사람들도 여유로웠다. 갖가지 음식이 얼마나 많은지. 소고기, 돼지고기, 닭고기로 음식을 만들어 "이것 먹어보소, 저것 맛보소" 하며 매일 친척과 이웃이 찾아왔다. 말없이 인사만 하는 나를 보곤, 얌전하니 색시를 잘 얻었다고 칭찬하며 돌아간다.

여기서 영채김치를 만났다. 영채김치는 맵고도 알싸하고 독특한 향이 있다. 임금의 수라상에 오를 정도로 귀한 대접을 받은 음식이란다. 한번 맛들이면 잊을 수 없어 남쪽에 와서도 영채를 재배해보았지만, 백두산 화산재에서 자라는 영채김치 그 맛을 따를 수 없다.

북한에서 출판한 백과사전을 보면, '함경도 특산인 영채김치는 영갈채갓김치, 혹은 산갓김치라고 부른다'고 적혀 있다. 담그는 방법에 대해 '해마다 가을이 오면 산갓의 잎을 따서 소금에 절인 다음, 파, 마늘, 생강, 고춧가루를 두고 항아리에 넣어 봉해두었다가 귀한 손님이 오면 밥반찬으로 내놓는다. 영채김치는 색이 누르스름한데 맵고 상쾌한 맛을 내는 것이 특징이다'라고 적혀 있다.

　조선 전기 문인이었던 유순(柳洵, 1441~1517)은 어머니가 보내온 산갓김치를 생육신의 한 사람인 성담수(成聃壽, 자는 耳叟)에게 보내며 시를 지었다. 「산갓김치를 이수耳叟에게 보내다- 어머니가 보낸 산갓김치」*를 보면, 영채김치의 맛과 향에 대해 다음과 같이 기록하고 있다.

　　산방에서 전하는 묘법에 따라 妙法傳山房
　　끓는 물에 데쳐 김치를 만드니 湯燖淹作菹
　　금시 기특한 향내를 발하네 俄頃發奇香
　　한 번 맛보자 눈썹을 찡그리고 一嘗已攢眉
　　두 번 씹자 눈물이 글썽 再嚼淚盈眶
　　맵고도 달콤한 그 맛은 旣辛復能甘
　　계피와 생강을 깔보니 俯視桂與薑
　　산짐승, 물고기의 맛 山膏及海腥
　　온갖 진미가 겨룰 수 없네 百味不敢當

　　유순, 「어머니가 보낸 산갓 김치」

＊　　　　유순, 『속동문선』, 권3 「부산개침채기이수(賦山芥沈菜寄耳叟)」

유순은 어머니가 담가 보낸 산갓김치에 대한 감사를 시에 담았다. 그의 시를 보면 전해지는 비법에 따라 산갓을 끓는 물에 데쳐 만들면 기이한 향과 매운 맛을 낸다고 하였다. 산갓과 영채가 같은 것인지 정확하게 확인할 수는 없지만 고유의 톡 쏘는 맛, 맵고도 산뜻한 맛에 중독성이 있는 것은 사실이다.

백두산 화산재에서 자라는 영채는 일제 때 이주민과 함께 두만강과 압록강을 건너 중국의 연변과 흑룡강성, 길림성으로 퍼졌다. 중국 동북에서 조선족들이 재배하고 판매하니, 영채는 이주를 통해 퍼져나간 식물인 셈이다.

영채는 토양과 기후에 따라 독특한 맛을 내기에 다른 곳에서 재배하기가 어렵기도 하고 재배한다고 해도 본래의 맛을 얻을 수 없다. 이슬이 걷힌 오후에 수확하여 따뜻한 곳에 잘 띄우는 기술이 관건이다. 영채는 나물 종류인 연한 잎으로 노랗게 색깔이 변한 뒤에야 소금에 절인다. 자체 속성이 맵고도 독특한 향이 나니, 조미료를 적게 넣어야 본연의 알싸한 맛을 느낄 수 있다.

연변에 사는 조선족은 영채를 절여놓고 먹을 때마다 그때그때 꺼내어 먹는다. 영채김치를 한 번이라도 맛본 사람은 그 맛을 잊지 못해 끊어내기가 힘들다. 영채김치의 맛에 중독된 사람들이 씨앗을 가져와 남한에서 재배해보지만 토양과 기후가 다르니 맛과 향이 옅어진 것은 어쩔 수 없다. 국내에 판매되는 영채김치는 고춧가루와 조미료가 많이 들어가 원래의 맛을 찾을 수 없다. 대림역 12번 출구로 나가면 영채김치를 절여서 파는 곳이 있다. 백두산 지대에 살았던 분들이 영채김치를 재배해 만들어 팔고 있다.

머물 것인가, 떠날 것인가를 고민할 때마다 나를 주저앉힌 것은 음식이었다. 새롭고 낯설지만 어느새 익숙해져 곁에 있는 것은 음식이다. 기억에 남는 것도 음식이다.

가을 찬 서리에 푸른빛을 떨치고 숙성되어 국물마저 노란 영채김치, 그 독특한 향취로 침샘이 폭발했던 그 맛. 낯선 곳에서 만났던 인연이 숙성되지 못해 힘들었던 그 시간을 살게 했다. 국물마저 노란 영채김치를 생각하면, 텃밭에서 영채를 가을하시던* 시어머니의 자그마한 체구가

---

* 　가을하다, 벼나 보리 따위의 농작물을 거두어들이다.

떠오른다. 결혼을 성사시킨 데에는 시어머니 공이 컸지만 어머니도 살아가면서 많이 후회했을 것이다. 나도 좀 더 팅기지 않고 빠르게 결정한 결혼을 후회하기도 했다. 긴 시간을 돌아보면 숨결을 남기고 살았던 그곳에서 그나마 정붙이고 살 수 있었던 것은 중독성 있는 음식 때문이 아닐까 생각해본다.

영채김치 만들기

재료
영채, 무, 소금, 파, 마늘, 고춧가루 조금

만드는 방법

1. 수확한 영채를 어두운 곳에서 노랗게 색이 변할 때까지 띄운다.

2. 영채를 깨끗이 썻어 소금물에 절인다. 사이에 무를 큼직하게 썰어 넣는다.

3. 먹을 때마다 꺼내어 파, 마늘, 고춧가루에 버무린다.

4. 노란 물이 나오는 영채를 그릇에 담아낸다.

그 많던 명란은 어디로 갔을까

그렇게 싱싱하고 통통한 명란을 이후로 본 적이 없다. 살집이 두툼한 명태의 배를 가르면 어김없이 쌍을 이룬 싱싱하고 통통한 명란이 들어있었다. 이것을 알탕으로 먹고 명란젓도 만든다. 1960년대에 태어나 명태와 명란을 모른다면 거짓말이라고 할까?

아버지가 승진을 했는지 고원탄광 지역을 떠나 얼마 멀지 않은 고원군 수동이라는 곳으로 이사했다. 불과 두 개역 사이인데 답답한 곳을 떠나게 되었다고 엄마가 얼마나 좋아하시던지. 기르던 개도 신이 나게 차에 태웠다.

　직장에서 살림집을 마련해주어야 하는데 당장 집을 구할 수 없어 병원 옆 건물에 자리를 잡았다. 이전에 공용식당으로 사용하던 장소를 살림집으로 개조한 곳이었다. 보통 살림집에 비해 크고 넓은 세 칸 방에 주방이 있는 아주 괜찮은 집이었다. 그 집에서 몇 년을 살았다. 언덕에 위치해 경치도 좋고 아래로는 넓은 강이 흘렀다. 학교 선생님도 친구들도 좋았다. 주방이 웬만한 식당만큼이나 넓으니 당시로서는 생각지 못한 행운이다.

　명태는 여전히 많았고 처리하기 바빴다. 냉장고가 없으니 명란도 한철이다. 명란은 주방 바닥에 버무린 순서로 젓갈을 담아 가지런히 놓았다. 기차에 실려오는 대로 명태를 가공해 한 시절을 흡족하게 먹었다.

　생선알 중에 도루메기*알도 맛이 좋다. 배가 터질 듯한 도루메기는 명태만큼은 아니더라도 흔했다. 아버지에게

*　　도루묵

치료받는 환자가 도루메기를 가져와 큰 김장독 두 개에 절여놓았다. 매일 구워 먹고, 지져 먹고, 먹고 먹었다.

친구와 공모해 알이 꽉 찬 도루메기를 골라 연탄불에 구워 먹었다. 나중에 도루메기가 사라진 것을 알고 부모님께 혼이 났다. 도루메기알은 톡톡 튀는 맛에 먹고, 명란은 입자가 가득 퍼지는 맛으로 먹는다.

그 많던 명란이 점점 줄어들기 시작했다. 명태가 줄어드니 풍성하게 흡족히 먹던 시기는 옛말이 되었다. 명란이 어디로 사라지나 했더니 일본으로 수출한단다. 제일 좋은 일등급의 명란을 정히 포장해 보내는데, 그곳에서 일하는 사람들은 수입도 좋다. 입을 다셔도 소용없다. 국가도 외화벌이를 해야 하니 말이다. 데모를 할 수도 없는 곳이라 그런대로 살아야지.

일본으로 보내는 것이 명란만은 아니다. 제일 좋은 송이버섯도 일본으로 간다. 외화벌이가 된다 하니 산에 가득하던 송이가 전멸했다. 포자가 생겨 그 자리에 계속 돋아나기는 하나 이전에는 누구도 건드리지 않아 널려 있었던 것들이다.

명란을 먹고 싶은 사람들이 퍼트린 야담野談이 있었다. 일본으로 수출된 명란 주머니에 들어있는 입자 하나가 밥 한 그릇을 먹을 수 있는 맛으로 가공되어 아주 비싸게 판매된다는 이야기였다. 뒤처진 기술과 부족한 돈 때문에 배에 실리는 명란을 지켜봐야만 하는 허탈한 마음에서 나오는 말이겠다.

함경도 사람들이 명란젓을 만들어 먹은 지는 오래되었다. 명태의 황금어장에서 이를 눈여겨본 히구치라는 일본인이 부산에서 명란을 가공해서 팔다가 1908년에 명란을 일본으로 가져가 명란젓 공장을 만들었다고 한다. 그렇게 일본에서 폭발적인 인기를 끌며 사업에 성공했다. 전쟁에서 일본이 패망했어도 맛까지 잃은 건 아니다. 여전히 명란 맛을 갈망하는 사람들이 있었고, 해방은 되었으나 가난하고 외화가 필요한 국가가 있었다.

동해안에서 잡히는 명태는 맛부터 다르니 러시아산에 비교할 수 없다. 동해안 명란은 탱탱하고 붉은 빛깔에, 아름다운 쌍을 이룬다. 붉지도, 포자가 선명하지도 않은 명란은 러시아산이다. 이것이라도 없으면 명란은 구경도 못하게 생겼으니 러시아산이라도 사라지지 않기를 바란다.

명란젓은 동해안 지역의 특산으로, 소금에 절였다가 고춧가루, 마늘에 양념해서 삭힌 음식이다. 붉은 쌍에 부드러운 입자를 가진 명란에 마늘과 고춧가루로 조화를 이루어 새콤하게 삭힌 맛. 명란이 독 안에 차곡히 담겨져 있었던 그 시절은 아득하니 멀어져간다.

명란젓 만들기

재료
명란, 소금, 고춧가루,
마늘

만드는 방법

1. 명란을 독 안에 넣으며 소금에 절인다.

2. 하루 지나 명란이 꼿꼿해지면 물기를 찌우고 소금과 고춧가루, 마늘 양념을 골고루 묻혀 독에 넣는다.

3. 새콤한 냄새가 나면 그릇에 담아낸다.

둘째 오빠는 소아마비로 걷지 못해 늘 자리에 누워있었다. 아버지가 약을 제조해 몇 년을 꾸준히 먹이자, 뒤틀리기는 해도 걸을 수 있게 되었다. 어머니 이야기로는 약에 명태 애(간) 엑기스를 넣었다고 했다. 당시 명태 애는 만병통치약이었다. 아버지는 눈이나 간이 안 좋은 사람이 명태 애를 많이 먹으면 해독작용으로 치료 효과가 좋다고 하셨다.

명태는 명천의 태씨 성을 가진 어부가 잡은 물고기라 하여 지명과 성을 따서 명태가 되었다. 명태는 생태, 동태, 짝태, 황태, 북어北魚(북쪽에서 온 물고기), 코다리, 노가리 등 상태에 따라 다른 이름으로 불리는데, 다양한 이름만큼 널리 사랑받는 물고기다.

2021년 내고향만들기공동체*에서 함경도 명태김치를 만들었다. 동태를 녹여서 했으니 동태김치라고 해야 하지

---

*　　돌아갈 고향이 없는 사람들이 자신이 살고 있는 지역을 '내 고향'으로 만들기 위해 2020년 만든 비영리 단체이다.

않냐고 묻는 사람이 있었다. 동태도 명태에서 비롯된 것이니 명태김치라 하는 게 낫겠다고 했다. 고향에서는 명태를 상태에 따라 마른 명태, 절인 명태, 냉동 명태, 생태 등으로 부른다.

초겨울부터 잡히는 명태는 기차에 실려 시골까지 밀려온다. 집 문을 열기 힘들 정도로 눈이 내렸고 날씨도 추웠다. 추위에 언 명태들이 기차역에 방치되니 동반장은 집집이 다니며 명태를 가져가라고 소리를 질렀다. 명태가 남으면 지역 식료공장에서 처리하는데, 명태 내장을 분리하려 유휴 노력인 부녀자들이 동원되곤 했다.

명태가 밀려오는 시기는 11월부터이다. 11월에서 시작해 다음 해 1월까지가 성수기이다. 그 수가 얼마나 많은지 산처럼 밀려오는 명태를 처리하느라 명태를 가공하는 기계도 생겨나고 가공공장에 냉동시설도 늘어났다. 바닷가는 더 말할 것도 없지만 시골집에도 덕대를 세우고 명태를 말렸다.

기차를 타고 동해안 연선을 지나다 보면 단층집 지붕이 보이지 않을 정도로 쌓인 명태 덕이 보인다. 겨울에는 어디를 가나 명태 세상이다. 여름에는 집집이 마른 명태 두드리는 소리가 들리고 상점에 가면 거저나 다름없는 가격으로 팔았다.

부모님에게 명태는 북조선에서 새로 만난 음식이다. 명태의 담백한 맛도, 식해를 담그는 법도 몰랐을 것이다. 그런데 어느덧 명태가 나오는 시기가 되면 집에서 늘 식해를 만들었을 만큼 익숙해졌다. 식해는 잘 삭혀야 새콤한 맛이 난다. 새콤한 향으로부터 식욕을 자극하니, 잘못 발효하면 삭은 게 아니라 썩은 식해가 된다.

아무리 생각해봐도 어머니가 명태식해를 만들 때 좁쌀밥을 지어 엿길금(엿기름)가루에 섞어 버무려 담았던 기억은 없다. 무도 없이 명태나 도루묵, 가자미를 넣고 식해를 만든 기억이 난다. 가장 많이 먹은 생선은 순서대로 명태, 정어리, 도루묵, 꽁치, 청어, 오징어, 가재미다. 생선을 고춧가루, 마늘, 소금에 버무려 부엌에 놓으면 며칠 후부터 새콤한 냄새가 진동했다. 때로는 젓갈 단지에 이불을 씌워 빨리 발효되도록 했다.

동해 홍원, 흥남, 신포, 청진 명태 맛은 어디도 따를 수 없다. 더운 공기와 찬 공기가 만나는 생태계에서 자란 생선은 일찍부터 유명해 주변에서 탐내는 어장이다. 지금은 기온 상승으로 명태 치어를 방류하지만, 생존하기란 어렵다. 북한산이라는 명태는 러시아산을 소금에 절여 비슷한 맛으로 만든 것이고 동해안 바다에서 잡힌 명태는 금태가 된 지 오래다.

명태는 다른 물고기에 비해 담백한 데다 건강에도 좋다. 명태 간을 먹으면 시력이 좋아진다는 아버지 말씀처럼, 명태의 시대를 살았던 사람들의 시력은 요즘 사람들에 비해 훨씬 좋다.

명태, 가자미, 도루묵 식해 만드는 방법은 같다. 상태에 따라 엿길금가루, 무, 좁쌀은 생략해도 된다. 새콤한 향과 맛이 어우러져 색깔도 발그스름하면 아주 맛있는 식해다. 와글와글 씹히는 거친 잡곡밥에 식해는 밥도둑이다. 새콤하게 발효한 명태식해를 먹으면 소화도 잘되고 입맛이 살아난다.

명태식해 만들기

재료

명태, 무, 좁쌀, 생강,
소금, 고춧가루, 마늘,
엿기름

만드는 방법

1. 명태(또는 동태) 내장을 빼고 비늘과 지느러미를
   제거한 다음 적당한 크기로 썰어 소금에 절여 물
   기를 뺀다.

2. 무는 굵게 썰고, 좁쌀은 고슬고슬하게 밥을 지어
   식힌다.

3. 명태와 무에 고춧가루를 넣고 버무린 다음 소금
   으로 간을 맞추고 파, 마늘, 생강을 넣어 잘 섞
   는다.

4. 엿기름에 버무린 좁쌀밥을 양념한 명태에 넣어
   쌀알이 흩어지지 않게 섞는다.

5. 20~30도 정도의 실온에서 새콤한 향이 날 때까
   지 2~3일가량 익힌다.

음식을 하다 보면 어느 순간 멸치 국물을 내고 있는 자신을 종종 발견한다. 멸치 국물을 내며 음식을 시작한다는 데에 조금의 의심도 없다. 멸치는 약방의 감초처럼 어디에나 들어간다. 편리하게 팩에 넣은 제품도 있고 용도에 따라 만들어진 제품도 다양하다. 멸치는 그 종류도 많아서 아주 작은 것부터 큰 것까지 모양도 각기 다르다. 멸치는 참 쓰임이 많다.

멸치는 감칠맛이 풍부해 육수로 사용하기에 알맞다. 그럼에도 북쪽에서는 멸치로 육수를 내지 않는다. 동해안에서 잡히는 멸치는 길이가 한 뼘이나 될 만큼 크다. 그러니 다른 생선처럼 찜을 하거나 젓갈을 만든다. 멸치 대신 서해안에서 잡은 까나리로 국수 육수를 만든다. 온면을 만들 때면 까나리로 국물을 만들고 풋고추를 볶아 고명으로 올린다.

북쪽에는 국물 요리가 많다. 김치에도 국물을 따로 만들어 넣는다. 계절 김치도 국물이 자박하게 잠기도록 넣어 익힌다. '줄 놈은 생각지도 않는데 김칫국물부터 마신다'라는 말에서, 왜 하필 다른 음식도 아니고 김칫국물을 마실까? 무엇이나 훌렁 넘어가야 좋다. 훌렁 넘기기에 김칫국물만 한 것이 없다.

북에서는 빵을 주식으로 생각하지 않는다. 국물을 먹는 식문화가 배어있어 시원하게 삼키고 위와 내장을 막힘없이 관통해야 뱃집이 든든해진다. 언어도 마찬가지로 하고 싶은 말이 시원하게 술술 나와야 오장이 편하다. 말을 뱉지 못하고 꾹꾹 눌러 삼키면 몸도 마음도 편치 않다.

탄수화물이 많은 음식에는 감칠맛을 내는 육수가 잘 맞는다. 그래서 옛날에는 돼지고기, 소고기 삶은 물로 국수 육수를 만들었다.

아, 이 반가운 것은 무엇인가
이 히수무레하고 부드럽고 수수하고 슴슴한 것은 무엇인가
겨울밤 쩡하니 닉은* 동티미국**을 좋아하고 얼얼한 댕추가루***

*	익은
**	동치미국
***	고춧가루

를 좋아하고 싱싱한 산꿩의 고기를 좋아하고
그리고 담배 내음새 탄수* 내음새 또 수육을 삶는 육수국 내음
새 자욱한 더북한 삿방** 쩔쩔 끓는 아르굴***을 좋아하는
이것은 무엇인가

이 조용한 마을과 이 마을의 으젓한 사람들과 살틀하니****
친한 것은 무엇인가
이 그지없이 고담枯淡하고 소박素朴한 것은 무엇인가

_백석,「국수」

백석은 함박눈이 푹푹 내린 겨울날을 묘사하며 국수를
노래한다. 그에게 국수는 반가움이고, 기다림이었다. 국수
에는 감칠맛 나는 육수가 함께해야 맛있다는 사실은 모두
가 안다. 그런 감칠맛을 어디서 얻는가. 멸치로 감칠맛을
얻으면 좋겠으나, 남쪽처럼 다양한 크기의 멸치가 명태만

---

*   식초
**   삿자리(갈대를 엮어서 만든 자리)를 깐 방
***   아랫목
**** 살뜰하니

큼 흔하지 않다. 냉장고가 없었던 시기 멸치는 절인 상태로 시골에 들어온다. 봇짐장수는 절인 멸치를 등에 지고 농촌으로 다니면서 곡식과 교환한다. 시골에서는 비릿한 멸치가 반가운 손님이었다.

감칠맛을 내는 맛내기*는 1970년대에 나왔다. 맛내기가 나오면서 간장 맛이 좋아졌다. 농촌에서 자체적으로 메주를 가지고 된장을 만들어 먹고, 직장인은 지방 공장에서 생산하는 된장과 간장을 배급받는다. 맛내기 간장은 멸치를 대신할 만큼 좋다. 냉면이나 온면이나 국물요리에 맛내기 간장으로 맛을 냈다.

맛내기만 넣으면 감칠맛이 배로 좋아진다. 그러나 공장에서 나오는 맛내기로 수요를 충족하지는 못했다. 그래서 외화를 만지는 사람은 외화상점에서 일본 아지나모도**의 조미료를 구입해 먹었다. 아지나모도는 기적의 조미료였다. 흔히 '미원'이라고 부르는 화학조미료는 한중일 3국

---

*   화학조미료
**   글루타민산나트륨, 즉 MSG를 세계 최초로 상업화한 일본 기업 아지노모토[味の素]를 일컫는 말이다. 원어는 Ajinomoto로 아지나모도, 아지노모도 등으로 불렸다.

에 다 있다. 그중에서도 아주 조금만 넣어도 맛이 증폭되는 북한산 맛내기가 제일이다. 맛내기 생산량이 수요를 충족시키지 못했기 때문에 북쪽 사람들의 입맛은 화학조미료에 길들여지지 않은 원초적 맛에 가깝다. 혀를 자극하는 감칠맛이 없으면 무슨 맛으로 음식을 먹을까. 감칠맛보다는 시원한 국물, 된장, 거기에 한 시기는 생산되어 인기가 있었던 맛내기 간장으로 미각을 깨웠다.

명태가 많이 잡힐 때는 명태로 감칠맛을 보충하고, 그것도 없으면 콩으로 만든 음식으로 대체한다. 오이냉면 국물에도 된장이나 간장을 사용했으니, 된장과 간장은 모든 음식의 시작이다.

생멸치는 보글보글 지져 먹고, 멸치는 꼿꼿하게 절여 젓을 담는다. 새콤하게 익은 젓갈 냄새가 진동하는 멸치를 건져내 반찬으로 먹어볼까. 절인 멸치는 미나리나 야채를 깔고 찜하기도 한다. 멸치젓을 꺼낼 때 몰아치는 새콤한 냄새는 참을 수 없이 침샘을 폭발하게 한다. 멸치젓이나 명란젓의 진정한 맛은 아마도 먹어본 사람들만이 알고 있을 것이다.

멸치젓 만들기

재료

멸치, 소금

만드는 방법

1. 깨끗이 씻어 물기를 찌운 멸치에 소금을 듬뿍 뿌린다.

2. 초절임하여 3일 후 간물이 올라오면 꼿꼿하게 절인 멸치를 건져 단지에 눌러 담는다.

3. 초절임에서 나온 간물을 가라앉혀 웃물을 끓여 식힌다.

4. 멸치를 넣고 누름돌을 올린 다음 식힌 간물을 넣는다.

5. 석 달 후 먹을 수 있으며 고춧가루, 다진 마늘과 파 등으로 멸치젓을 양념하여 밥반찬으로 한다.

쌀을 달곰하게 삭힌 음료, 식혜

어디서 먹었더라. 삭은 밥알이 입안을 달큰하게 자극하는 이것은 소화를 돕는 음료수, 식혜다. 쌀밥을 삭혔으니 가난한 시절에 쌀로 음료를 만들었을 리 만무하다.

북쪽에서는 '식혜' 하면 으레 생선으로 만든 식해를 떠올린다. 쌀밥으로 만든 음료로는 식혜, 감주가 있다. 어려운 시기 감주를 만들어 팔았다는 사람과 그것을 사 먹은 사람도 있었다니. 일상으로 만났던 음료는 아닌 듯한데 이것을 만드는 재주는 어디서 왔을까.

북에서는 생선이나 곡물을 발효시켜 만든 것을 통칭 식혜라 부른다. 남쪽에서는 식해食醢와 식혜食醯를 구분한다. 음료인 식혜는 쌀밥을 길금에 우려낸 물에 넣고 삭혀낸 것이다. 식해와 식혜를 언제부터 달리 불렀는지는 명확하게 밝혀낼 길이 없다. 다만 식해와 식혜가 다른 것은, 북쪽 지역인 함경도 특산으로 동해안에서 많이 잡히는 명태나 가재미 등을 식재료로 사용하면서 식혜라는 언어로 자리잡았을 것이고, 남쪽은 북쪽에 비해 쌀이 많이 생산되니 음료인 식혜와 구분했으리라 짐작한다.

윤덕노의 『음식으로 읽는 한국 생활사』[*]를 보면, 먼 옛날 고기와 생선 그리고 곡식을 섞어 발효시킬 때 만들어지는 국물 중에서 단맛을 극대화시킨 것은 식혜로 발전했고, 알코올이 생성된 것은 술이 되었으며, 발효과정이 지나쳐 초산이 생긴 것은 식초로 발전했다면서 음식의 뿌리가 식해로 이어져 만물의 근원이 생각지 않은 곳에서 찾아진다고 했다. 식해와 식혜가 별것 아닌 듯해도 이들은 아득히 지나간 시간까지 엮어낸다.

쌀밥에 엿기름을 넣고 전기밥솥에 5시간 정도 보온해 놓으면 저절로 삭는다. 이것을 가마에 끓여내면 맛 좋은 식혜가 된다. 번거로운데도 기어코 만들겠다는 우리네 속마음도 모르겠다. 기왕이면 부글거리는 배 속이며 더부룩한 위장도 편안하게 한다 하니, 건강의 이상 징조를 치료할 수 있겠다는 타산도 있을 것이다. 감주도 이와 비슷한 방법으로 만든다.

[*]   윤덕노, 『음식으로 읽는 한국 생활사』, 깊은나무, 2014

모든 사람이 식혜와 감주를 만들어 먹었던 것은 아니다. 지역과 형편에 따라 다르다. 맛을 알고 있는 사람은 어려운 상황에 있을 때 그것을 지혜롭게 사용하기도 한다.

북한에서 한국으로 오려면 베트남 감옥을 거쳐야 한다. 밥 외에는 아무것도 없을 것 같은 감옥에서 식혜 같은 감주, 감주 같은 식혜를 만들었다는 이야기를 고향분에게서 전해 들었다.

감옥에 넘치도록 사람이 많았는데, 좁은 곳에 많은 사람을 몰아넣다 보니 먹는 것도 부실하고, 아픈 사람도 생겨났다. 밥맛을 잃은 사람들이 늘어나기에 외부에서 엿기름을 들여와 페트병에 흰밥을 넣어 식혜 겸 감주 겸 만들었단다. 그렇게 아픈 사람들과 나누어 먹으면서, 식혜를 만드는 사람 인기도 따라서 올라갔다. 이 이야기를 들으며 맛을 얻고자 하는 욕망의 기발함에 감탄했다. 맛에 대한 욕망은 어려운 환경일수록 향수를 불러일으키고, 그 마음을 위로하는 힘을 가진다.

길거리에 늘어선 편의점, 24시간 시원함을 유지해주는

냉장고에 빼곡하게 들어찬 음료의 이름을 꼽으려면 시간이 제법 걸린다. 수돗물을 벌컥벌컥 마시고 산에 있는 샘물을 의심 없이 들이키며 살았던 습관이 있어 물도 사고파는 음료가 될 것이라 상상은 못 했다.

우리는 지금 쌀밥을 보리길금*에 삭혀 음료로 만들어 먹는 세상에 살고 있다. 쌀이 많은 남쪽에서, 그 귀한 쌀로 음료를 만들어 먹을 수 있으니 얼마나 감사한 일인가. 마음만 먹으면 얼마든지 입맛에 맞게 식혜를 만들어 먹을 수 있다. 만드는 방법도 어렵지 않다. 식해, 식혜는 음식의 뿌리로 이어지니 생선으로 만들거나 쌀밥으로 만들거나 수천 년 발효음식을 먹으며 만들어온 시간이 녹아있다.

*　　엿기름

식혜 만들기

재료

쌀, 엿기름, 설탕, 잣
알

만드는 방법

1. 엿기름을 자루에 넣어 미지근한 물에 불려놓는
다. 2~3시간 지나서 웃물을 그릇에 담는다.

2. 고슬하게 지은 쌀밥에 웃물을 부은 다음 고루 젓
는다.

3. 따뜻한 곳에 두어 5~6시간 삭힌다.

4. 밥알이 떠오르면 건져서 냉장고에 보관한다.

5. 남은 엿길금물(엿기름가루를 우려낸 물)과 삭은
식혜물에 설탕을 넣어 센 불에 10분 정도 끓인다.

6. 차게 식힌 식혜에 밥알과 잣알을 띄워 그릇에 담
는다.

　동해안의 큰 고래가 앞뒤로 막힌 비좁은 시골에 들어왔다. 고래는 포획이 금지된 어종이라서 다시 바다로 돌려보내야 한다. 그런데 대체 어떻게 좁은 골짜기로 들어왔단 말이냐. 한 번이 아니고 몇 번을 들어왔다. 고래 고기를 얻으려고 소랭이를 쥐고 뛰어다녔다.

　고원탄광은 시골이기는 하지만 사람이 많이 사는 도시 같은 시골이었다. 지금은 금지되었지만, 그때는 동해안에서 고래를 잡아서 기름 문제를 해결하려고 했던 모양이다. 아주 추운 겨울은 아니었던 것으로 기억한다. 집채만 한 고래가 기차로 들어와 화물차에 실려 어느 건물 마당에 드러누웠다. 희한한 광경에 사람들이 몰려들었다. 동해를 옮겨 놓은 듯, 영화에서 나올 법한 일이 일어났다. 얼마나 큰지 마당에 꽉 차서 건물의 지붕을 넘었다. 고래 이야기는 동네 이슈였다. 사람들은 고래를 어떻게 처리할지 고민하다가 톱이며 기계를 동원해서 절단하기 시작했다.

　고래 고기를 분배하는 데에만 며칠 걸렸다. 처음에는 너도나도 혹시 못 받을까 걱정했는데 그다음은 어떻게 요리해 먹을지가 문제였다. 이렇게 저렇게 시도하고 숱한 묘법이 쏟아지니 고래 고기는 담백한 명태 맛을 따르지 못한다. 고래 고기는 무엇을 어떻게 해도 물큰거리는 게 비릿하고 육고기도 생선 맛도 아니다. 어마하게 큰 고래를 처음 접하는 사람들은 온갖 지식을 동원했다. 삶고, 굽고, 찌고 여러 방법이 나왔으나 결국 식용으로 적합하지 않았다. 남쪽에서 고래고기를 지역마다 날것으로 먹기도 하고 삶아먹기도 하며, 짧게 숙성시키기도 하고 홍어회처럼 삭혀 먹기도 한다는 것을 알게 된 것은 훗날의 일이다.

어쩌다 동해바다 고래가 시골에 들어왔을까? 북에는 석탄이 많이 매장되어 있어, 석탄을 에너지 자원으로 활용한다. 석탄을 생산해야 이것을 원료로 공업품을 생산할 수 있다. 고원탄광이라는 곳에는 일제 때부터 생겨나 현재까지 맥을 이어온 굵직한 기업들이 있다. 고원탄광은 함흥에 있는 2.8 비날론 공장과 흥남비료공장에 석탄을 보내주는 중요한 역할을 하는 곳이다. 석탄을 얻으려 앞뒤로 막혀 있는 좁은 탄광에 해마다 몇백 명의 제대군인이 들어오고, 살림집도 꽤 규모가 있게 들어섰다. 본토 사람들은 거의 없고, 각자의 사연으로 오게 된 이들이 마을을 이루었다.

당이 요구하면 어디든 가야 하는 불굴의 정신으로 살라 하지만, 실은 국가에서 불편해하는 사람들이 탄광으로 보내진다. 거기에 십여 년을 군복무하고 나서는 고향으로 가지 못하고 탄광에 자리를 잡은 사람들이 시간이 지나 토박이가 되었다.

잘사는 나라를 만드는 데에 청춘이 필요하다지만 누군들 수백 미터 지하에서 일하는 것이 좋겠는가. 충성해서 승진하거나, 아니면 더 편한 일자리를 얻으려고 각자의 능력이 최대한 발휘되기도 한다. 순진하게 당을 믿고 묵묵히 일하는 사람도 있다.

아버지는 그나마 몇 년 동안의 검증을 거쳐 의사 자리라도 맡게 되었다. 총명한 지식인으로 살았던 과거의 화려한 삶은 지나고 여섯 식구를 살려야 하는 피할 수 없는 멍에를 지게 되었다. 그때만 해도 실컷 먹을 수 있는 생선이 있었고, 탄광이라 특별히 공급이 잘 되는 당과류, 육류가 있어 먹거리가 다양하지는 않아도 부족하지 않았다. 다만 떠나온 곳을 잊지 못한 어머니와 어떻게든 정붙여

살아보려 몸부림하던 아버지의 수고가 놀랍게도 이제야
이해된다.

고양이를 한 마리 키웠다. 고양이는 집에만 있지 않고
열어놓은 창문으로 들락거리며 밥그릇에 생선을 담아놓
으면 먹고는 사라지고 밤이면 가마목*을 차지하려고 야
옹거렸다. 반려동물이라기보다는 쥐를 잡으라고 고양이
에게 따뜻한 아랫목을 내어주었다. 겨울에는 연탄불 피운
가마목이야말로 고양이가 가릉가릉 소리를 내며 잠자기
좋은 자리다. '얌전한 고양이 부뚜막에 먼저 올라간다'라
는 말은 아닌 척하면서 뒤로는 별짓 다 한다는 뜻으로 오
랫동안 많이도 썼다. 어쩌면 고양이도 그저 먹고 누울 자
리가 필요했는지도 모른다.

석탄은 공업의 식량이라고 할 만큼 중요하다. 그러니
잡힌 고래가 탄맥이 있는 시골로 보내진 모양이다. 해안
가와 떨어져 있어 생선요리에 익숙하지 않은 사람들이 고

*   가마솥이 걸려 있는 부뚜막이나 그 둘레

래 고기를 먹으려 했으나 결국 식용이 되지 못했고, 고래 고기는 인기가 떨어졌다. 이후로 다시 고래가 들어오지 않았다.

고래가 사람에게 길들여져 쇼하는 것을 보면, 고래 고기를 먹겠다고 소랭이를 쥐고 좋아라 뛰어다녔던 일들이 생각난다. 시골에 고래가 들어온 것은 볼 만한 광경이었지만, 그것을 요리해보겠다고 시도하고 나섰던 것도 희한한 일이다.

추천하고 싶지는 않지만, 북쪽 문헌에 소개된 고래 고기 간장졸임* 레시피를 공개한다. 다른 고기를 이용해도 무방하다.

*   간장조림

고래 고기 간장조림 만들기

재료

고래 고기, 간장, 마른
통고추, 생강, 통깨

만드는 방법

1. 고래 고기를 찬물에 담궈 핏물을 빼고, 약한 불
   에 삶는다.

2. 길이 너비 5cm 두께 2.5cm 썰어둔다.

3. 생강은 잘게 다지고 통고추는 물에 불려 몇 토막
   으로 썬다.

4. 가마에 삶은 고기를 넣고 간장, 생강, 고추를 두
   고 국물이 자박자박할 때까지 졸인다.

5. 고기를 잘게 찢어 통깨를 뿌려 그릇에 담는다.

2

끼니로 빈부를 가늠하던 날들

장작불에 끓여 먹는 강낭죽

강냉이밥이나 강낭죽*이나 부족함이 없을 때 먹으면 건강식이지만, 배고픔을 달래기 위해 먹으면 슬픈 이야기가 된다. 죽을 먹느냐 밥을 먹느냐로 빈부를 가늠했던 시기, 부끄러워 차마 죽을 먹었다는 말을 하지 못했다. 죽마

* 강냉이죽

저 없어 먹는 행위를 그친 사람들이 있으니 강냉이 한 알에 죽고 살았다.

강낭죽은 큼직한 줄당콩을 넣어 만든다. 식탁을 풍성히 하려고 밭 경계에 기다란 장대를 주런히* 세우고 줄당콩을 심는다. 줄당콩은 엄지손가락만큼 큰 것도 있고 작은 것도 있다. 여름이면 저마다 다른 색으로 꽃을 피우면서 초라한 지붕을 가려주어 나름 운치가 있다. 줄기는 장대를 감고 뻗어 올라간다. 이윽고 콩꼬투리가 정신없이 열린다. 주렁주렁 달린 콩꼬투리를 솎아서 반찬을 만들고 가을에는 꼬투리에서 딸랑거리는 소리가 날 때까지 두었다가 서리가 내린 후 수확한다.

어려운 시기 강냉이 한 알로 죽기도 하고 살기도 했다. 가을에는 산허리 여기저기에 심어놓은 강냉이를 지키느라 움막을 쳐놓고 경비를 선다. 누렇게 익어가는 가을에는 강냉이 이삭을 사수하느라 피워놓은 모닥불이 밤하늘에 너울거린다. 어둠 속에서 훔치려는 자와 지키려는 자

*　　줄을 지어 나란히

사이 긴장이 감돈다. 밤이 깊을수록 정신을 바싹 차려야 한다.

깜빡 졸기라도 하면 순식간에 한 해 농사를 도둑맞기도 하고, 죽을 용기로 훔치는 데에 성공하면 며칠이라도 생명을 연장할 수 있다. 사느냐 죽느냐가 경각인데 무엇을 지킨다는 자체가 부질없는 짓인지 모른다. 식욕이 식탐을 만들어, 먹고 먹어도 배부르지 않은 죽 한 그릇이 소원일 때가 있다. 곡기 없는 죽을 먹고도 살아남은 사람들을 보면 생명이 경이롭다.

고향에서는 연탄불에 강냉이밥을 짓거나 강낭죽을 쑤어 먹었다. 강냉이를 절구에 펑 펑 찧어 껍질을 걷어내고 굵직한 강냉이알에 줄당콩을 넣어 푹 삶았다. 큰 강냉이는 굵게도 잘게도 분쇄해 강냉이밥, 강냉이죽을 만든다. 가늘게 분쇄하면 강냉이밥이요, 굵은 것은 죽이다. 정도에 따라 강낭죽 맛이 달라졌다. 굵게 분쇄된 강냉이로 만든 강낭죽은 큼직한 줄당콩과 어울리고, 보다 작은 것은 입쌀과 섞어 작은 콩을 넣어 먹는다.

눈보라가 치는 겨울날, 창밖을 보며 뜨끈한 강낭죽에

쩡한 함경도 김치를 곁들여 운치 있는 식사를 한다. 멋이 있는 식사를 할 수 있다면 다행이지만, 희멀건 죽을 먹을 때는 창밖으로 내리는 눈은 눈물이 되기도 한다.

조선족 사람들은 장작불에 강냉죽을 끓인다. 두만강 너머에서는 잘 가공된 강냉이를 돈만 주면 얻을 수 있다. 부지런한 시아버지는 늘 일찍 일어나셨다. 굵은 장작을 들여와 아궁이에 불을 지핀다. 장작이 시뻘겋게 타오르기 시작하면 시어머니는 불려놓은 재료로 강냉이죽 만들 준비를 하신다. 김이 오르기 시작하면 주걱으로 저어주면서 강냉죽을 완성한다. 뜨끈한 아랫목에 밥상을 놓고 대식구가 모여 앉는다. 코끝 베어가는 동북의 추운 겨울이었다. 강냉죽은 부드러우면서도 강냉이가 와글와글 씹는 재미를 더한다. 부족함이 없는 남쪽에서 강냉이는 다이어트에 적합한 식재료다. 비타민E가 풍부해 항산화 작용으로 콜레스테롤을 낮추고 변비를 해소하고 위를 보호하며 빈혈을 막고 피부를 좋게 한다.

장작불에 만드는 강냉이밥과 강냉죽은 동짓달 기나긴

밤을 견디게 한다. 겨울의 한허리가 따뜻한 강낭죽 한 그 릇에 녹는다. 와글 와글 씹히는 강냉이밥, 강낭죽으로 겨울을 넘겼다. 강낭죽은 겨울에 먹어야 멋이 있다. 옥수수가 얼마나 좋으면 '옥 같은 수수'라고 했을까. 옥수수를 신으로 간주한 민족도 있으니.

강낭죽 만들기

재료

통강냉이, 줄당콩,
소금

만드는 방법

1. 통강냉이와 줄당콩을 푹 삶는다.

2. 주걱으로 눌어붙지 않도록 저어준다.

3. 소금으로 간을 맞추고 그릇에 담는다.

"곤드레 만드레"라는 노랫말이 있으니 먹으면 취하는 밥도 있는 걸까.

지겨워 쳐다보지도 않을 나물밥에 재밌는 이름이 붙었다. 남쪽으로 온 지 얼마 되지 않아, 누군가 곤드레나물밥을 먹으러 가자고 했다. 곤드레나물밥이라니, '그저 흰밥에 나물을 섞은 것 아닌가?' 하고 속았다는 생각이 들었다. 메뉴판을 보니 가격이 비지떡도 아니고 말이다. 아무렴 흰밥이 귀한 것이지 나물을 넣고선 이렇게 비싼 밥값을 받는 게 말이 되냐고. 먹어봤자 부드러운 흰밥에 껴묻는 나물이겠지.

그런데 고급스러운 한식 차림새를 갖춘 품격 있는 밥상이 차려진다. 풀이 홀대받았던 세상에 살았던 나는 나물로 만들어진 귀한 상차림에 놀랐다.

쌀밥만 먹었더니 몸무게가 십 킬로그램 정도 불었다. 남쪽에 살며 몇 년이 지나면 신수가 멀끔하니 '때깔'도 좋아진다. 요즘은 매일 살 빼는 운동을 한다. 의사들은 성인

병의 원인으로 탄수화물 섭취를 꼽으며, 식탐을 줄이고 탄수화물이 적은 음식을 먹으라 한다. 맛 좋은 음식을 눈앞에 두고 먹을 수 없어 굶어야 하는 것은 괴롭다. 주민들에게 공급되는 쌀은 현미에 가깝다. 아무리 먹어도 살찌지 않는다. 오히려 살찐 사람 보기가 드물다.

몸이 무거워지니 스스로 가벼운 음식을 찾게 된다. 얻고자 해도 생기지 않더니, 적게 먹어도 보이지 않는 곳이 두둑하니 지방뿐이다. 넘치지도 부족하지도 않게 먹으려 요즘은 나물에 관심이 간다. 김치밥은 기본이고, 무밥, 감자밥, 배추밥, 시래기밥, 도토리밥, 이것들이 이제는 건강식이다.

봄에 잎이 연한 나물을 뜯어 말려놓았다 여름에 먹고, 여름에는 들에서 나오는 능쟁이, 길짱구, 씀바귀로 나물밥을 만든다. 이전에는 고구마 줄거리를 찾아 먹지 않았다. 어려운 시기 밥이나 가루에 섞어 끼니를 보냈다. 풀에는 독성이 있어 잘 우려내지 않으면 풀독으로 얼굴이 부어오를 수 있다.

무를 가늘게 채쳐서 쌀에 소금을 조금 넣고 끓이면 맛

있는 무밥이 된다. 양념장을 만들어 비벼먹으면 맛은 좋으나 소화가 빨라 인차* 허기진다. 무가 달면 밥도 달고 속을 편하게 한다. 무밥은 고혈압이나 변비를 개선해주는 효과가 있다. 기름진 음식을 먹거나 소화가 안 되면 무밥 생각이 난다. 먹어도 먹어도 속이 거북하지 않은 무밥은 위장을 편안하게 한다.

강냉이밥에 감자를 넣으면 밥이 훨씬 부드러워진다. 식량 사정이 어려울 때 농촌에서는 감자로 보릿고개를 넘긴다. 감자꽃이 피고 지면 땅속 감자가 얼마나 컸는지 궁금해진다. 새알만 하던 감자가 주먹만 해지면 줄곧 감자 반찬에 감자밥을 먹는다. 감자밥 누룽지는 감자칩처럼 바삭하다. 아이들은 엄마가 쥐여주는 누룽지를 들고 동네를 뛰어다니며 먹는다.

겨울에 김치밥을 먹으면 피부가 좋아진다. 유산균이 많은 김치는 장운동을 돕고 배추의 섬유질은 소화를 돕는다. 김치밥을 먹은 아이들의 피부는 뽀얗게 살아있다. 김치를 잘게 썰어 밥과 함께 기름에 볶아 먹거나 무밥처럼

*   '이내'의 방언

쌀 위에 김치를 얹는다. 반찬도 필요 없이 볶음밥 하나면 끝나는 간단한 식사다. 쌀 없는 가난한 집에서 종종 만들어 먹었다. 흰쌀에 고기를 볶아 양념장을 만들어 먹었다면 고급한 식사다.

김치밥, 무밥, 감자밥, 나물밥을 먹어야 몸의 균형을 맞출 수 있다. 몸이 무거워지니 잔병이 많아진다. 쌀을 멀리하고 채소를 가까이해 식단을 균형 있게 맞추어야 건강을 챙길 수 있다.

여전히 나는 쌀밥을 좋아하지만 이제는 건강을 위해 어쩔 수 없이 잡곡을 섞는다. 곤드레밥과 무밥이 소위 '웰빙 음식'이 된 것도 이런 이유에서일 것이다.

곤드레는 그 이름처럼 맛도 있다. 무밥도 남쪽에서는 별미다. 눈속임 식단으로 허기졌던 음식들이 지금은 건강식이 된다. 살기 위해 먹었던 음식과 맛을 위해 먹는 음식이 다르듯, 정갈하게 먹는 곤드레밥이 있어 좋다.

무밥 만들기

재료

쌀, 무, 소금, 파, 마늘,
풋고추, 간장, 고춧가
루, 참기름

만드는 방법

1. 단 무를 골라 가늘게 채친다.

2. 채친 무를 깔고 쌀을 안치며 소금을 조금 넣
   는다.

3. 파, 마늘, 풋고추에 간장과 고춧가루, 참기름을
   넣고 양념장을 만든다.

4. 무밥과 양념장을 그릇에 담아낸다.

상추가 왜 그리 좋은지. 상추쌈을 먹을 때면 나는 눈을 부릅뜨고 입에 한가득 넣는다. 밥도 싸 먹고 고기도 싸 먹는다. 눈을 부릅뜨고 먹는다고 부루[*]일까. 한 손에 상추 한 잎을 펴고 다른 한 손에는 된장과 고추를 부지런히 옮겨 담으며 볼이 미어지게 먹는다. 어차피 배 속에 들어가면 한가지일지라도 뒤섞여 어우러지는 맛으로 먹는다.

산에 가면 곰취를 뜯어 쌈으로 먹고 호박잎, 깻잎, 쑥갓도 모두 쌈으로 먹는다. 도라지는 캐어 바로 먹기에는 쓴맛이 있고 더덕은 그냥 먹어도 괜찮다. 더덕은 향이 강해 껍질 벗긴 손에 그 향이 오래도록 남는다. 해초류인 미역, 다시마에도 쌈을 싸 먹는다. 보쌈처럼 싸 먹는 송편과 만두도 있다. 채소가 아닌 가루를 반죽해서 얇게 밀어 보자기처럼 싼다. 쌈짓돈이 있고, 김치도 보쌈김치가 있으니 이렇게 쌈을 좋아하는 민족이 또 있을까?

[*]   상추

상추에서는 진액이 나온다. 사람들은 진이 나오는 나물이 몸에 좋다고 한다. 진액이 나오는 풀로 쌈을 싸 먹고 된장국도 만든다. 사람들은 진이 나오는 상추가 정력에 좋다고도 한다. 줄기에서 진액이 나오는 민들레며 고들빼기, 이파리로 되어 있는 모든 것을 쌈으로 먹는다.

김밥도 해초류에 밥과 채소를 말았으니 쌈이다. 북쪽 바닷가에 살았던 사람들은 김밥을 알고 있으나 시골에 살았던 나는 김밥을 몰랐다. 간편하게 먹으려고 만드는데, 무엇이든 싸거나 말거나 재료를 조합해서 먹으니 모두 쌈이다. 포크와 나이프로 고기를 썰어 먹는 서양의 식문화보다 맛 좋은 재료를 싸서 한입에 먹을 수 있는 쌈이야말로 균형을 이루는 건강식이다.

상추 잎에 된장과 밥만 싸 먹어도 좋은데 그보다 더 좋은 맛이 있다. 고수(향채)라는 풀을 넣으면 맛이 변신한다. 처음에는 이상한 향이 느껴져 "이게 뭐냐"고 하다가, 맛을 알면 이 또한 두 눈을 부릅뜨고 먹는다.

입속으로 퍼지는 고수의 향은 삶에도 스며들었다. 두만강 국경 변두리에 있는 아담한 농촌마을에 살 때, 마을 사람들이 고수와 샐러리를 심곤 했다. 고수와 샐러리는 단

순한 맛에 길들여졌던 입맛을 향기롭게 바꾸어놓았다.

익숙해지지 않으면 삶이 괴로워진다. 두만강 너머에서 식재료의 기본인 향내를 좋아하지 않으면 무엇도 제대로 먹을 수 없다. "좋아져라" 하고 스스로에게 주문을 걸었더니 진짜 좋아졌다. 적당히 먹는 정도가 아니라 미치게 좋아졌다.

주변에 민들레, 씀바귀가 먹음직하게 자랐다. 그것을 뜯어 향채를 넣고 먹었다. 쌈 크기도 점점 커져 한입에 먹지 못하고 양손으로 감싸 쥐고 먹었다. 마주 앉은 시어머니가 놀랠 정도로 두 눈을 부릅뜨고 먹었다.

북쪽에도 고수가 있다. 내가 살았던 함경남도 고원군 수동구에는 고수가 없지만 황해도에서는 고수김치를 만들고, 함경북도에서는 내기(방아잎)라는 풀을 넣어 음식을 향기롭게 한다. 고깃국에 내기 양념장을 넣으면 맛깔스러운 음식이 된다. 이제는 고수와 내기가 없다면 무슨 맛으로 음식을 먹을까 싶다. 이들이 있어 특색 있는 음식이 생겨난다.

마라탕이 유행이기에 중국 음식점을 찾았다. 오랜 시간

향채를 잊고 살았다. 고수의 향이 입속에 전달되는 순간 잊고 있던 세포들이 살아났다. 나는 향채가 생각날 때면 마라탕과 훠궈집을 찾는다. 향신료를 적절히 쓰는 조선족과 달리 한족은 향신료를 강하게 쓴다. 여기서 맛의 차이를 만든다. 맛 사이를 넘으며 나는 조선족과 한족 음식에 적응해갔다.

북쪽에서는 상추를 부루라고 한다. 상추는 된장에 발라 밥을 싸 먹기도 하고, 슬쩍 데워 마늘, 파, 고춧가루 등을 넣고 무쳐서 먹기도 한다. 무엇이나 보자기처럼 싸 먹으면 그냥 먹는 것보다 맛있다. 여러 가지를 두루 섞어 두 손으로 싸 먹어야 좋은 걸 어찌하리.

상추 쌈밥 만들기

재료
상추, 쌈장(고추장, 다진 파, 다진 마늘, 참기름)

만드는 방법

1. 재료를 넣고 쌈장을 만든다.

2. 상추는 찬물에 여러 번 씻고 물기를 뺀다.

3. 상추 2~3장을 겹놓고 쌈장을 발라 밥을 싸서 먹는다.

굶주림이 일상을 덮쳤다. 많은 사람이 그저 먹을 것이 없다는 이유로 죽었다. 역전 골목과 길거리에 먹거리를 만들어 생계를 유지하는 사람들이 생겼고 존재도 알지 못했던 장마당이 갑자기 늘어났다. 먹거리는 신념이나 가치보다 우선했다.

생전 듣지도 보지도 못한 거친 것과 부드러운 먹거리는 수요에 따라 가격이 오르내렸다. 처음에는 소나무 껍질을 가공한 것과 각종 나물이 나오기 시작하더니, 중국 밀가루가 들어오면서 빵이며 기름에 튀긴 완자들이 즐비하게 늘어섰다. 빵 하나에 집을 내놓은 사람도 있으니 어려운 시기 음식은 곧 하늘이다.

하늘 같은 음식을 얻으려고 사람들은 갖가지 먹거리를 개발했다. 맛보다는 허기를 채우는 것이 중요했던 시기, 두부는 소화가 빠른 가격 대비 비싼 고급 음식이었다. 두부 한 모보다는 중국에서 들어온 밀가루로 만든 완자나 꽈배기 하나가 낫다. 덜 배고프면서 칼로리가 높아 하루를 견딜 수 있는 영양가 있는 밥이 필요했다. 수요를 알아챈 사람들이 만든 것이 두부밥이다. 두부밥은 두부를 삼각으로 잘라 기름에 튀거나 구워서 가운데 칼집을 내고 쌀밥을 한주먹 넣고 양념을 올리는 것이다. 두부밥은 한 개를 먹어도 하루를 살아낼 수 있는 어려운 시기 개발된 영양 만점 음식이다. 장마당에는 두부를 기름에 튀겨 밥을 넣고 양념을 올린 쪽배 모양의 두부밥을 파는 사람들이 늘어났다.

옥수수 뿌리나 풀로 만든 음식은 거칠어서 목으로 넘기기 힘들다. 이전에는 돼지에게나 주었던 술지게미로 만든 음식도 있다. 먹고살기가 힘드니 술지게미로 만든 음식을 먹고 취한 듯 비틀거리기는 아이나 어른이나 마찬가지다. 얼마나 많은 사람이 대용식품조차 없어서 죽어갔는지 모른다. 그 시절 두부밥은 사람을 살렸다.

인조고기는 콩으로 만든다. 고기로 재탄생한 콩 인조고기는 맛이 부드럽고 단백질이 풍부하다. 맛과 모양, 영양이 고기와 맞먹는다고 해서 인조고기다. 인조고기는 고기를 섭취하지 못하는 스님의 식탁에 올랐다.

창자 같이 길게 빚어 나온 재료를 두부밥처럼 적당한

크기로 잘라 밥을 넣고 양념을 올린다.

돈 한 푼 없어 음식 주위를 돌고 돌다가 기름 냄새만 가득 채우고 돌아서던 날들. 굶어 죽기 싫어 얼굴에 꼬질꼬질한 때가 가득해도 눈만은 반짝이는 아이들이 장마당에서 무리지어 음식을 훔칠 틈새만 노린다. 어느새 날쌔게 먹을 것을 훔치면, 사람들은 훔친 사람을 신고하는 것보다 음식에 그물을 치고 방어하는 쪽을 택한다. 성공하면 의리 있게 나누어 먹는 아이들을 보라. 죄가 무엇인지 알지 못하는데, 누가 누구에게 도둑이라고 벌을 주겠는가. 저승보다는 이승이 낫다고 악을 쓰고 살아남았다.

두부밥은 부모를 잃은 아이가 떠돌이 생활에 만난 음식이요, 어른에게는 극한의 시기에 생겨나 허기를 달래준 음식이다. 맛과 모양까지 손색없어 아무리 굳건한 사람도 절개를 꺾었으니, 이것 하나 먹으려고 악착같이 돈을 벌었고 그것도 없으면 훔쳐 먹었다.

두부밥, 인조고기밥을 팔아 가족이 살았다. 물건을 팔기 위해서는 모양도 맛도 구미가 당기게 만들어야 하기에 전문점에서 도매로 받아 소매로 판다. 이윤을 남기려 만드는 음식이 보기에 좋아도 배를 채우기는 부족하고 아쉽게 만들어진다. 허기진 배에 기름 냄새를 맡으며 날이 저물도록 팔아 남은 돈으로 가족의 먹거리를 사들고 집으로 돌아간다. 몸서리치게 가난한 시기였다.

살고자 하는 욕망이 음식문화에 변화를 가져왔다. 전문점이 생겨나고 그것을 넘겨받는 사람이 있어 마치 릴레이처럼 넘기고 넘겨받으며 장사를 했다. 이 시기 장마당에서 끼니를 해결하는 외식하는 문화가 생겼다. 보기도 좋고, 값싸고 배불리 먹을 수 있는 음식이 다양한 모습으로 등장했다.

어려운 시기를 아프지 않게 기억할 수 있는 방법은 양념을 올린 한 개의 두부밥, 인조고기밥을 그때처럼 맛있게 먹어주는 것이다.

두부밥 만들기

재료

두부, 식용유, 쌀밥,
양념(고춧가루, 소금,
파, 마늘, 간장, 깨)

만드는 방법

1. 쌀에 소금 약간과 식용유 몇 방울 넣어 고슬하게
   밥을 짓는다.

2. 두부를 삼각형으로 잘라 가운데 칼집을 내고 기
   름에 튀겨낸다.

3. 칼집을 낸 자리에 밥을 채운다.

4. 양념장을 만들어 두부밥 위에 올린다.

　"밥 한번 먹자"는 말에 울컥할 때가 있다. 누군가는 지나가는 말로 인사치레한 것일지 모른다. 나는 밥을 먹겠다고 고향을 떠났고, 밥을 먹겠다고 얼마나 비굴했는지 모른다. 밥을 먹지 못해 가족을 잃었고, 밥을 얻으려 별일을 다 한다. 밥은 곧 생명이고, 하늘이고 신神이다.

　밥솥을 열면 반짝반짝 별처럼 빛나는 쌀밥이 있다. 지금의 삶에서 이제는 어렵지 않게 볼 수 있는 모습이다. 나는 쌀밥을 먹을 때 제일 행복하다. 이것을 먹으려 얼마나 험한 고생을 하면서 여기까지 왔는가. 밥 한술이 없어 먼저 간 사람들에 비하면 성공한 삶이다. 반찬이 없어도 김이 모락모락 오르는 흰밥이 있으면 간장만 넣고 비벼 먹어도 좋다. 뜨거운 밥을 그냥 삼켜도 좋다.

　개 한 마리가 흰쌀밥이 싫다는 듯 그릇을 엎는 것을 보고 놀랐다. 강 하나 건넜을 뿐인데 시간여행이라도 했는가. 나를 바라보는 사람들의 시선이 느껴졌다. 동정하는 척하지만 그뿐이다. 내가 가진 것이 없으니 그렇게 느꼈는지도 모르겠다. 단지 내게 밥이 없을 뿐이지 무엇이든 할 수 있으나, 내가 하는 무언가는 불법이니 비굴할 수밖에 없었다. 밥이 없으면 인격도 존엄도 그다음 순서라는 것을 안다. 그러니 비굴해서라도 어야든 살아야지.

밥을 먹으려면 일단 돈을 벌어야지. 재봉틀(미싱) 굴리는 재주가 있어 커튼 만드는 회사에 다녔다. 뻔히 눈치를 채고도 내색 않고 나에게 일감을 몰아주는 착한 사장님을 만났다. 필요할 때 쓰려고 급여에서 얼마를 저금했다. 이렇게 모은 돈이 목돈이 되어 훗날 두만강을 건너온 언니에게 건넬 수 있었다.

나 같은 사람을 채용하면 회사에 지장이 있어 장사도 안 된다. 나 같은 사람을 신고하면 돈도 왕창 받을 수 있다. 게다가 일하는 동료들이 모두 한족이어서 일을 배우기도 쉽지 않았다. 그럼에도 사장님은 무슨 일이 생기면 능란한 중국어로 방어하며 울타리가 되어주었다.

돈이 생기니 얼마나 기쁘던지. 그렇다고 눈여겨 보아둔 옷을 사 입을 생각은 못하고 남편의 와이셔츠부터 샀다. 아마도 나는 내심 셔츠에 넥타이를 단정히 매고 일하는 사람이 부러웠던 모양이다.

일을 해서 돈을 버니 세상을 보는 눈길도, 세상이 나를 바라보는 시선도 부드러워졌다. 돈도 써본 사람이 안다. 돈이 쌓이니 정작 어디에 써야 할지도 모르겠다. 사장님이 일감을 몰아 끊이지 않게 주니 밥벌이는 하고도 남는다.

밥 먹는 문제는 해결되었으나, 남의 땅에서 불안해 견딜 수 없다. 잘 사는가 했는데, 친척뻘 되는 가까운 사람이 신고하는 바람에 급하게 떠나야 했다. 나 혼자라면 미련 없이 떠날 수 있어도 6살 된 아들을 두고 떠나는 발걸음은 차마 떨어지지 않았다.

북경으로 가는 열차에 올라 멀리멀리 숨어들었다. 머물 곳 없는 떠돌이가 숨을 수 있는 안전한 장소를 찾기는 쉽지 않았다. 어디에도 안전한 곳은 없다. 세상과 부딪치기에는 힘에 부치니, 시체가 되어 숨도 쉬지 못하고 이런저런 괴로움을 참으며 살았다.

밥이 있어야 한다. 먹어야 숨 쉬는 행위를 할 수 있다. 먹지 못한 오늘로 내일 나는 수많은 시체 중 하나가 될지도 모른다.

오죽하면 고향을 떠나겠는가. 고향 떠나 겪은 서럽고, 외롭고, 괴로운 날들은 먹지 못해 죽는 것만큼이나 두려움으로 가득했다. 살기 위해 떠나 낯선 곳에서 죽었다고 무엇이 달라질까.

이제는 밥 때문에 비굴해질 필요 없다. 당당하게 벌어 당당하게 쓰면 된다. 두 다리 뻗고 잠잘 수 있는 집도 있다. 적어도 굶어죽을 염려는 없다. 나누어주어도 남는 게 밥이다. 그러니 나는 성공한 것이다. 밥 없어 고향을 떠났고 밥이 남아도는 곳에서 무엇이든 시작해볼 수 있다. 머물 곳이 있어 얼마나 다행인가.

밥솥의 밥은 별무리가 내린 듯 반짝반짝 빛난다. 나는 밥이 곧 신이라 생각한다. 그래서 밥 한번 먹자는 말에 '심쿵' 한다.

두루 잃어서 가진 것 없는 사람에게 밥 한번 먹자는 말 한마디는 따뜻하게 다가온다. 나는 "밥 한번 먹자"고 말할 때 밥으로 잃었던 모든 것을 떠올린다. 밥을 사주신 분들에게 감사하고 나도 누구에게 밥을 사주는 사람이 되고자 한다.

비지밥 만들기

재료

쌀, 배추김치, 콩, 돼
지고기, 양념장(파, 마
늘, 고춧가루, 참기름,
간장)

만드는 방법

1. 불린 콩을 보드랍게 갈아놓는다.

2. 배추김치는 찬물에 담궈 짠물을 뺀다.

3. 배추김치와 다진 돼지고기를 넣어 볶다가 갈아
   놓은 콩을 넣는다.

4. 약불에 저어주면서 끓이다가 물에 맞추어 쌀을
   넣어 밥을 짓는다.

5. 밥이 익으면 양념장과 같이 그릇에 담는다.

국
수

안동국시 닮은 강냉이국수

국수와 국시의 차이는 무엇일까? 국수는 밀가루로 만들고 국시는 밀가리로 만든다. 그럼 밀가루와 밀가리는 뭐가 다를까? 밀가루는 봉지에 들어있고 밀가리는 봉다리에 들어있다. 같은 말을 맛깔스럽게 버무려놓았다. 물론 남쪽에서 우스갯소리로 하는 말이다.

안동국시와 강냉이국시는 무엇이 다를까? 안동국시는

밀가리로 만들고 강냉이국시는 옥시갈구(가루)로 만든다. 옥시는 함경도와 중국 연변에서 쓰는 지역 방언이며, 북에서는 옥수수를 강냉이라 한다. 옥과 같은 수수로 만든 국수는 일상과 함께했다.

산이 많은 북쪽은 국수 문화가 발달했다. 오래전부터 메밀과 감자, 녹말가루, 강냉이를 많이 심었기에 이것들을 이용해 국수를 만들어 먹는다. 강냉이는 쌀보다 거칠어 밥으로 먹기보다는 가루로 가공해 먹어야 부드러워 먹기에 좋다. 국수는 재료에 따라 강냉이국수, 농마(녹말)국수, 칡국수, 도토리국수가 있고, 국물에 따라 냉면, 온면, 비빔국수, 고명으로 부르는 회국수가 있다. 만드는 방법에 따라 공장에서 기계로 뽑는 국수, 분틀에 압착해서 누르는 면, 반죽해서 칼로 밀어서 만드는 칼국수가 있다. 지역마다 맛있기로 유명한 국숫집이 있다. 함흥 신흥관, 평양 옥류관, 회령에 남문국수집이 유명하듯 지역마다 국수를 잘하는 국숫집이 있다.

강냉이국수는 메밀처럼 글루텐 성분이 적어 분틀에 내리기에는 적합하지 않다. 기계로 국수를 뽑아야 하는데,

여기에 도토리나 칡을 넣으면 이름도 도토리국수, 칡국수가 된다. 느릅쟁이국수는 강냉이 가루에 느릅나무껍질 가루를 섞어 반죽해서 수작업으로 분틀에 내린 것이다. 느릅나무 성분이 끈적함을 만들어 면발에 탄성을 더해준다. 갈색에 독특한 향이 있는 느릅쟁이국수는 소화도 잘되고 속을 편하게 해주니 위가 안 좋은 사람에게 건강식이다.

국수에는 장수와 백년해로의 의미가 담겨 있다. 잔치에 국수가 빠지지 않는 이유도 여기에 있다. 북에서도 "국수 언제 먹을래?" 하는 질문은 언제 결혼하는지를 묻는 은어이다. 국수는 장수를 상징하며, 이리저리 치우치지 않고 막힘없이 넘어가는 인생을 살겠다는 것이다. 지금은 결혼식에 국수가 다른 음식들에 밀려서 구석을 차지하고 있지만, 북쪽에서는 국수를 잘 말아야 잔치를 잘했다는 소리를 듣는다. 여유가 있는 집은 농마*국수를 내었지만, 강냉이가 많은 지역에서는 강냉이 국수를 말아내었다. 따뜻한 국물에 매콤한 고명을 올려서 푸짐히 대접한다.

*　　　녹말

어릴 때에는 엄마 심부름으로 국수그릇을 많이도 들고 다녔다. 국수재료인 강냉이 가루를 미리 맡겨두고 약속된 시간에 나온 국수를 찾아오곤 했다. 흔히 국수를 '누른다' 고 하는데, 반죽한 면을 분틀에 넣어 압착해서 누른다. 이 과정이 번거롭기 때문에 가정용 분틀에 국수를 전문으로 눌러주는 곳이 있었다. 수고비는 없고, 눌러주는 집에서 는 가공과정에서 나오는 부산물로 집짐승을 키웠다.

옥시국수를 시원하게 먹으려면 김칫국물에 말아서 먹 으면 된다. 쩡한 함경도김치에 옥시국수를 말아 먹으면 속이 시원하게 풀린다. 온면으로 먹고 싶으면 까나리 육 수를 만들어 감칠맛을 더하고 양파 볶은 것을 고명으로 올린다. 파와 마늘 다진 것을 넣고 볶다가 고춧가루를 넣 으면 적은 양으로 보기 좋게 만들 수 있다.

안동국시는 진한 육수에 볶은 고기, 호박과 파를 고명 으로 놓는다. 안동국시 재료는 서로 다르지만 밋밋한 밀 가리 국수에 고기국물로 감칠맛을 내는 안동국시의 푸짐 한 양을 보면 옥시국시와 닮았다는 생각이 든다. 한 끼를 푸짐히 먹을 수 있었던 국시. 안동국시도 그렇게 만들어

지지 않았을까. 인사동에서 안동국시를 먹으며 고향에서
즐겨 먹었던 강냉이국수를 떠올린다.

강냉이국수 만들기

재료

강냉이 면, 마늘, 파,
양파, 까나리, 풋고추,
기름, 간장

만드는 방법

1. 마른 국수를 불려놓는다.

2. 마늘과 파를 슬쩍 볶아 향을 얻는다.

3. 까나리로 육수를 만든다.

4. 고명으로 쓸 양파와 풋고추를 볶는다.

5. 국수를 삶아 찬물에 씻어 사리를 잡는다.

6. 그릇에 담아 고명을 올리고 육수를 붓는다.

올챙이국수를 먹은 지도 오래되었다. 강냉이가 익어가는 초가을이면 올챙이국수가 생각난다. 올챙이국수를 먹으려면 옥수수가 적당히 여물어야 하고 당도가 높아야 한다. 풋 옥수수를 물에 불려 맷돌이나 기계에 곱게 갈아 걸러낸 물을 가마에 넣고 끓인다. 되직하게 끓이면 묵이 되고, 헐렁하게 해서 구멍이 숭숭 뚫린 틀에 넣어 내리면 올챙이국수가 된다. 틀에 굳이 내리지 않고 바가지 같은 데에 송곳으로 구멍을 만들어 묵 재료를 넣으면 술술 떨어지는데, 꼭 올챙이 모양 같아서 올챙이국수라 한다. 올챙이국수는 간장 양념을 하거나 동치미, 혹은 나박김치 국물을 넣어 먹는다. 풋강냉이의 달콤함과 매운 고추양념, 시원한 국물 맛에 먹는 음식이다.

옥수수를 수확해 국수를 얻기까지 지난한 과정을 거쳐 드디어 부드럽고 구수한 올챙이국수를 먹는 순간이다. 개구리 소리가 높아지는 초가을에 여름의 마지막 더위를 식히며 올챙이국수를 먹는다. 강냉이의 풋풋한 향이 입안을 향기롭게 하고 소화도 잘 되는 이것을 여섯 식구가 허기지게 먹었다.

올챙이국수를 어느 지역 음식이라고 꼭 짚어 말할 수 없다. 강냉이가 많이 나는 평안도 음식이라고 소개하기도 하지만, 도시 사람은 이름조차 생소해하기도 한다. 강냉이가 적게 나는 지역이라 할지라도 강냉이 올챙이국수를 맛깔스럽게 기억하는 사람도 있다.

강원도는 유일하게 남북이 지명을 같이한다. 강원도에 가면 올챙이국수를 만날 수 있다. 함경남도 고원군 수동구에서 산 하나를 넘으면 북쪽의 강원도다. 남쪽 강원도 옥수수가 맛있듯 북쪽 강원도 강냉이도 맛있다.

올챙이국수는 감미로운 음악처럼 여리고 부드럽다. 금방 익기 시작한 재료로 만들기에 그 맛도 풋풋하다. 또, 시원하고 개운하다. 익어가는 옥수수밭에서 수확을 기다리는 옥수수를 보면서 올챙이국수를 먹는다. 한 해의 수고로움을 숟가락에 담아 꿀꺽 삼켜보는 것이다.

올챙이국수를 먹으려 강냉이 이삭이 통통해지기를 간절히 기다렸다. 살이 오르는 강냉이를 알알이 발라서 물에 불리고 맷돌에 갈아놓으면 아쉬운 눈물처럼 거품이 일어난다. 엄마는 능숙한 솜씨로 보에 짜서는 연탄불 가마에 넣고 휘휘 저었다. 언제 익을까 두 손 모아 기다린다.

어려운 시기에는 이것도 없어 못 먹었다. 추억을 더듬어 만들어보려고 하니, 강냉이가 그 맛이 아니다. 강냉이의 단맛이 고향의 것보다 덜하다. 마루에 앉아 더위를 식히면서 먹어야 하는데 환경도 바뀌었다. 무엇보다 흙을 만져본 지 오래되었다. 심고 파종하고, 풋강냉이를 발라서 불려놓고 맷돌에 갈아 연탄불 가마에 오래도록 저어야 하는 번거로운 공정도 사라졌다.

더위에 지친 어느 날, 부산에서 보내온 초당 옥수수가 도착했다. 반가운 마음에 황급히 가마에 익혔다. 연하고 달기는 한데 생으로 아삭아삭 씹히는 낯선 맛이다. 혹시 잘못 보낸 건 아닐까, 아직 물도 들지 않은 옥수수를 보내다니. 익숙하지 않아 몇 번이고 들여다보며 생각했다. 아무리 굴려 먹어도 입안에 차지 않는다. 몇 개를 먹어도 도저히 맛을 모르겠다. 올챙이국수가 구수하면서도 입안을 거치지 않고 그대로 넘어가 그 너머에 맛이 있는 것처럼,

초당 옥수수도 그런 것 같다는 생각이 든다.

남쪽 강원도 올챙이국수는 길게 가락을 만든다. 구수한 옥수수맛이 있어 올챙이 모양이 아니라도 좋다. 아마도 옥수수 맛이 좋아서 그럴 것이다. 만드는 방법도 먹는 방법도 비슷하다. 연인과 가족이 있다면 강원도에서 익어가는 강냉이밭을 바라보며 단풍으로 아름다워질 너머의 가을을 상상하며 올챙이국수 한 그릇 먹어볼 일이다.

올챙이국수 만들기

재료
풋강냉이, 양념장(간
장, 마늘, 파, 고추, 참
기름)

만드는 방법
1. 풋강냉이를 발라 물에 불린다.

2. 물에 불린 풋강냉이를 부드럽게 갈아 자루에 거른다.

3. 내려진 물을 가마에 넣어 되직하게 끓인다.

4. 찬물에 올챙이국수 틀을 놓고 ③의 죽을 넣는다.

5. 찬물에 떨어진 올챙이국수를 건져 그릇에 담고 양념장을 올린다.

　남쪽에 와보니 평양냉면, 함흥냉면 가격이 만만치 않다. 그럼에도 번호표를 받고 줄을 서서 기다려 먹는다. 냉면이 이름값을 하니 너도 나도 간판을 올리는데, 이쯤 되니 함흥 사람도 모르는 냉면이 인기를 얻는 비결을 알고 싶다.

　평양냉면은 고려시대 평양 샘골마을(현 동대원구 냉천동)에서 그 유래를 찾을 수 있다. 샘골마을에 살던 달세라는 사람이 메밀국수를 끓는 물에 삶아 찬물에 헹군 뒤 물기를 짜내 동치미 국물에 말아 먹었는데, 그 맛이 좋았다. 소문이 평양성에 퍼져 훗날 평양냉면이 되었다. 고려 중기 한 왕이 평양냉면을 '천하에 으뜸가는 음식'이라고 칭찬하면서 평양냉면이 유명해지기 시작했다고 한다.

　평양냉면 맛은 동치미국물에 있다. 평양냉면의 주재료인 메밀은 글루텐 성분이 적다. 그래서 메밀에 녹말을 섞어 뜨거운 물에 반죽해 분틀에 누른다. 여기에 동치미와 고기 삶은 국물의 비율을 잘 맞추어 육수를 만든다. 이렇게 만든 평양냉면은 서울에서 인기를 얻었다.

함흥냉면도 마찬가지다. 전쟁으로 고향을 잃은 피난민들은 고향에서 즐겨먹던 맛을 살려 함흥냉면집을 열었다. 회를 얹어먹는 냉면을 유행시킨 것도 함흥 사람들이다. 서울에서 원조보다 더 원조다운 냉면이 유명세를 얻은 것은 그리움, 향수로는 설명할 수 없는 절박함도 작용했을 것이다. 평양냉면을 주로 만드는 필동면옥, 오장동함흥냉면은 실향민들의 향수를 달래준다.

함흥냉면의 재료는 감자농마(녹말)다. 함흥지역에서는 농마국수라고 한다. 남쪽에서는 냉면이라고 하지만, 북쪽에서는 대개 농마국수라고 한다.

함흥에서 서쪽으로 가면 랑림산맥*으로 장진군, 부전군, 신흥군이 있다. 이곳에서 나오는 감자로 함흥냉면을 만든다. 신흥관은 함흥시 중심에 있다. 신흥관은 1976년에 건설되어 부지면적이 22,000여 제곱미터로 지상 1층,

*   '랑림산맥'은 함경도와 평안도의 경계를 이루며 태백산맥과 함께 한반도의 등줄기를 이룬다.

지하2층, 연회장까지 달린 규모가 큰 건물이다. 여기서 농마를 재료로 냉면을 만든다. 냉장고가 귀하니 얼음을 넣은 냉면 또한 귀하다. 함흥에 살아도 함흥 신흥관 국수를 먹어보지 못한 사람도 있다. 함흥냉면은 평양냉면과 마찬가지로 일상에서 먹을 수 있는 음식이 아니다.

함흥냉면, 평양냉면은 유명세에 따라 대물림되는 음식 중 하나다. 함흥 '신흥관' 냉면은 차거운 육수에 오이와 배, 얇게 저민 고기를 얹어 커다란 그릇에 담아낸다. 국수올은 가늘다 못해 머리카락 같이 얇고 탄성이 있어 면발이 그릇에서 위장까지 이어진다.

함경남도 수동구에서 량강도 혜산으로 갔을 때 그곳 장마당에 가보니 국수 종류가 정말 많았다. 농마국수뿐 아니라, 밀가루국수, 강냉이국수 등 다양한 국수가 있었다.

농마국수를 따뜻한 온면으로 먹을 때는 돼지고기국물이 좋다. 감칠맛 나는 따뜻한 고깃국물은 가늘고 긴 매끈한 면발에 잘 어울린다.

감자를 적게 심는 지역에서 농마가 귀하나, 감자를 많이 심는 지역인 함경북도, 량강도, 자강도 지역에서 농마국수는 자주 식탁에 오른다. 갓김치 국물에 언감자국수는 추운 지방에서만 맛볼 수 있는 특색 있는 음식이다.

국수는 잡곡밥보다 부드럽고 포만감도 주어서 북에서는 하루 한 끼 국수를 먹는다. 국수 만드는 공장이 정상 가동할 때에는 국수를 킬로그램씩 묶어 배급했다. 국수를 쌀알처럼 잘라서 옥쌀이라고 주었는데, 간식처럼 주머니에 넣고 다니며 먹었다. 배급이 아니더라도 개인이 수확한 강냉이를 방앗간에 가져가 기계에 누르기도 한다. 기계짬*으로 삐져나오는 떡 비슷한 것을 뜯어먹고, 국수가 내려올 때 뭉굴뭉굴 뭉쳐서 가래떡처럼 만들어 먹었다.

1990년대 고난의 행군 이후 북한 주민들의 식생활에 변화가 찾아왔다. 장사를 다니는 사람들이 식재료를 유통하면서 장마당에는 여러 가지 음식이 쏟아져 나왔다. 도시보다는 작고 시골보다는 큰 수동구 장마당에도 농마국수를 파는 사람들이 늘어났다. 장마당에는 바다풀**로 만

---

*   분틀의 작은 틈에서 나오는 것
**   바닷물 속에서 자라는 해조류를 통틀어 이르는 말

든 다시마국수도 있고, 밀가루국수, 강냉이국수, 찬물에 말아먹는 농마국수도 있었다. 돈만 있으면 집에서 번거롭게 해먹지 않고 장마당에서 해결하면 된다. 장마당에서는 국밥과 국수가 싸게 잘 팔렸다.

원조의 맛이 바래갈 즈음, '탈북민'이라 불리는 사람들이 북에서 남으로 왔다. 이들은 고구마 전분을 사용했던 함흥냉면을 원래의 감자전분으로, 습습하기 그지없는 평양냉면의 고유하고 깊은 감칠맛을 살려 원조의 맛을 살렸다. 실향민들이 평양냉면과 함흥냉면을 상품화했듯이 지금은 탈북민들이 그 명맥을 이어가고 있다. 전철우의 고향랭면이 그러하듯이, 고향음식을 먹으며 그리움을 달래는 것이다. 용인 어정가구단지에 있는 '방자네 칼국수'는 남한식 칼국수와 북한식 함흥냉면을 잘하는 맛집으로 유명하다. 나 또한 그리움을 달래고자 이곳을 찾곤 한다.

귀하고 부족하기만 했던 음식들이 이제 이곳에서는 귀하지 않게 많은 것을 보면, 함께하지 못하는 고향 사람들이 더욱 그립다.

함흥냉면 만들기

재료

농마가루, 육수(닭고기, 돼지고기, 소고기, 무, 파, 마늘, 간장), 고명(계란, 오이, 고기, 배), 겨자, 식초

만드는 방법

1. 농마가루를 뜨거운 물에 반죽한다.

2. 닭고기, 돼지고기, 소고기, 대파 무 등을 넣고 냉면 육수를 만든다.

3. 배는 껍질을 벗기고 고명으로 올릴 고기는 얇게 저민다.

4. 반죽을 분틀에 눌러 재빨리 찬물에 여러 번 씻어 쫄깃하게 만든다.

5. 사리를 잡아 그릇에 담고 고명으로 계란과 저며 둔 고기, 배, 오이, 계란을 놓는다.

6. 차가운 육수를 붓고 겨자와 식초를 곁들인다.

강원도에는 북에서 즐겨 먹었던 음식이 많다. 올챙이국수, 칡국수, 도토리묵 등 맛집을 돌고 와서 "진짜 진짜 맛있다!" 하며 감탄을 연발하곤 한다. 저마다 어울리는 육수에 고명을 올려 보기에도 맛깔스럽다. 누군가 강원도 여행을 다녀와 이야기하는 것을 듣고 있으면 금방이라도 달려가고 싶은 충동을 느낀다. 마음만 먹으면 쌩쌩 달려 하룻길에 음식 투어를 하고 돌아올 수 있는 길이다.

칡국수는 강원도 간성에서 나오는 칡가루로 만든 것이 가장 좋고 녹두녹말과 섞어서 국수를 만들면 갈증을 없애 준다 했다.* 칡은 지금 우리나라 어디에나 널려 있는 구황작물이다. 칡은 열을 내리는 기능을 하고 해독 작용이 뛰어나 여름 음식으로 좋다. 세종 때에는 날이 가물어 나라에서 칡뿌리를 먹을 것을 권장했다. 당시 백성을 굶주림에서 구제하려 다섯 가구를 한 통統으로 만들어 인구의 많

---

*   윤덕노, 『음식으로 읽는 한국생활사』, 깊은나무, 2014

고 적음과 식량이 있고 없음에 따라 음식을 나누어 주도록 했다. 이것이 우리나라 지방행정에서 기초가 되는 통반 조직의 기원이라니, 음식을 보면서 시기마다 발전한 사회와 문화를 알 수 있다.

북쪽에서 칡뿌리는 어려운 시기 대용식이 되어주었다. 소나무 껍질마저 벗겨 먹는데, 칡뿌리라고 무사할 리 없다. 얼기설기 뻗어있는 뿌리를 들어내어 칡뿌리를 캐냈다. 굵은 칡뿌리를 잘라서 삶으면 가루가 일어나는 게 꼭 감자 같다. 잘게 잘라서 삶아 살코기를 떼어내듯이 뜯어 질겅질겅 씹었다. 많이 먹으면 이고 입술이고 칡물이 들어 거멓게 된다.

칡은 멀리 뻗어가면서 뿌리를 내린다. 굵은 줄기 하나를 잡고 따라가면 칡을 쉽게 많이 얻을 수 있다. 그렇게 캐내서 식량에 보탠다. 두더지처럼 땅속을 뚜지니 산이 몸살을 앓는다. 칡뿌리가 그만큼 커지려면 수년을 기다려야 한다. 당장 끼니가 급해 작은 뿌리까지 모두 걷어내니 오랫동안 칡이 보이지 않았다. 토끼가 먹을 풀을 마련하려 해도 멀리 가야만 한다.

지금 내가 살고 있는 경기도 용인시 갈천강남마을은 예로부터 칡이 많아 '칡 갈葛' 자를 써서 이름을 붙였다고 한다. 녹음이 우거지는 칠팔월이면 야산 언덕이 온통 칡넝쿨로 덮인다. 칡이 얼마나 많은지 정신없이 뻗어가 다른 것들을 잠식해버린다. 여기저기 호박넝쿨에도 심어놓은 꽃나무에도 칡넝쿨이 덮친다. 아무리 살초제를 뿌려도 소용없다.

용인시장에 가보면 어마무시하게 큰, 나무 밑동을 잘라놓은 것 같은 칡뿌리가 나와 있다. 처음에는 그게 칡뿌리라는 것을 믿지 않았다. 나는 기껏해야 내 손목, 조금 크면 내 팔뚝만 한 칡뿌리를 본 것이 전부였다. 남쪽에서는 아무도 칡을 탐내지 않아 땅속에서 기름지게* 자란다.

북쪽에는 가둑나무가 많다. 참나무과에 속하는 가둑나무는 참나무, 도토리나무, 상수리나무 등 종류에 따라 이름도 여러 가지이고, 도토리 모양도 제각각이다. 키가 작은 나무도 있고, 수십 미터까지 자라는 나무도 있다. 나무

---

* 　　영양 상태가 좋아서 식물의 잎이나 줄기가 싱싱하고 윤기가 있다.

에 따라 도토리 모양도 길쭉하고, 통통하고 모양도 다르다. 북에는 가둑나무가 많기 때문에 도토리는 식량대용으로, 가둑나무 잎은 누에를 키울 때 먹이로 쓴다. 사각 사각 가둑나무 잎이나 뽕잎을 갉아먹는 누에소리를 들으며 살았다.

가둑나무에는 도토리가 많이도 열린다. 유독 도토리가 잘 열리는 해가 있다. 그러면 자리를 옮기며 도토리가 많이 떨어진 곳을 찾아다니며 주웠다. 그렇게 주운 도토리로 여러 가지 음식을 만들 수 있다.

아무리 좋은 음식이라도 넘치게 먹으면 질린다. 건강식이나 별미로 먹는 음식을 주식처럼 매일 매끼 먹으면 몸이 거부한다. 맛있게 먹을 때는 맛도 색도 향도 반갑지만, 한 번 질리면 색과 향, 맛도 어둡게 느껴진다.

좋은 음식도 그러한데, 산을 벗겨 배고픔을 견디고자 했으니 질릴 수밖에. 그럴 때, 특별히 육수를 따로 하지 않아도 열무김치 국물에 국수를 말아 먹으면 더위를 잊을 만큼 좋았다.

칡국수나 도토리국수는 독특한 향이 풍미를 살려준다.

온면보다는 냉면으로 먹는 것이 좋다. 칡의 차가운 성질이 여름에 먹기 좋고, 가을을 상상하게 하는 칡과 가둑나무 열매로 만든 국수는 색다른 정취를 불러온다. 칡국수, 도토리국수는 향기가 있어 특별한 음식이 된다.

요즈음 탄수화물을 과잉 섭취해 정신이 혼미하다. 열량이 낮은 칡국수, 도토리국수는 몸의 균형을 되찾을 수 있게 도와준다. 강원도 맛집을 찾아다니며 칡국수, 도토리국수를 먹어야겠다. 질리게 먹은 경험이 있으니, 이왕이면 남쪽에서 먹는 건강식도 살펴보고 좋은 것으로 골라먹어야지.

도토리국수 만들기

재료
도토리가루, 밀가루,
소금, 열무김치

만드는 방법
1. 도토리가루와 밀가루에 소금물을 조금 넣고 반죽을 한다.

2. 분틀에 눌러 익혀서 건져 사리를 잡는다.

3. 그릇에 도토리국수를 담고 열무김치나 김치 국물을 육수로 낸다.

소슬바람이 옷깃을 스치니 느닷없이 따끈한 뜨더국*이
간절하다. 수제비와 비슷하면서 토속적이고 투박한 뜨더
국. 냉장고에 남아도는 재료를 넣어 수제비나 만들어 먹
어야지. 재료는 어지간히 들어갔으니 맛없을 리 없다.

뜨더국으로 하루 세끼 먹거리 근심을 덜었다. 밥과 국,
찬으로 구색을 갖추는 것이 아니어서 식사를 준비하기 번
거롭지 않다. 가마에 반죽한 가루를 뜯어서 넣으면 된다.
주식과 부식을 한꺼번에 해결할 수 있어 간편하다. 배고
픈 시절에는 맹물에 나물을 넣고 수제비 조각 몇 개만 있
어도 허기를 잊곤 했다. 국물을 넉넉히 넣으면 요술처럼
여섯 식구의 그릇이 가득 채워졌다.

엄마는 뜨더국을 자주 만들었다. 뜨더국 반죽을 시작하
면 그릇이 흔들려 부딪히는 소리에 마음은 진작에 가마로
쏠린다. 호박을 숭덩숭덩 썰고, 풋고추를 듬뿍 넣는다. 거
기에 된장까지 풀어 구수한 냄새가 올라오기 시작하면 참

---

*　　　'수제비' 또는 '뜨더국'이라고 부른다.

지 못하고 두 손을 턱에 고이고 기다린다. 엄마 손이 춤을 추기 시작하면 반죽한 면은 뜨더국이 되어 국물 속으로 날아간다.

뜨더국을 밀가루로 만들면 쫄깃하다. 반죽을 얇게 밀어 내는 게 기술이다. 방망이로 밀어 손에 쥐고 늘려주면서 뜯는다. 밀가루가 부족하면 엄마의 눈속임이 시작된다. 많은 것처럼 보이려 늘어날 수 있는 만큼 최대한 늘린다. 대패삼겹살처럼 늘린 수제비를 국물과 함께 끓여 먹음직 하게 잘 익으면 엄마는 아버지부터 시작해서 순서대로 뜨 더국을 담아냈다. 엄마 몫은 마지막에, 나는 그것이 늘 불 만이었다.

밀가루로 만든 뜨더국을 쫄깃한 맛에 먹는다면, 강냉이 가루로 만든 뜨더국은 구수한 맛에 먹는다. 하나를 선택 하라면 강냉이 뜨더국을 고르겠다. 입에서 살살 녹는 맛 도 좋지만 입자가 느껴져 씹는 재미가 있는 구수한 강냉 이 맛을 넘지 못한다.

강냉이 가루로 만든 뜨더국 반죽은 탄성이 적어 늘리 지 못하니 뚝뚝 뜯어 넣는다. 국물이 팔팔 끓을 때 넣어야 덩어리가 풀어지지 않는다. 밀가루와 달리 강냉이 풋내가 입안에 감돌아 구수하다. 이것저것 가릴 형편이 못 되면 선택할 여지도 없이 먹거리가 있는 것만도 감지덕지다. 가장 기본적인 조미료인 소금과 간장으로만 맛을 내도 도둑맞은 것처럼 순식간에 사라지는 뜨더국이다.

풀때기 뜨더국도 없어서 허기지게 엄마 손끝만 바라보았던 생각은 해서 무엇하리. 배부르게 먹은 때보다 배고플 때 먹은 음식이 또렷하니 참으로 이상하다. 추워봐야 따뜻한 게 얼마나 그리운지 알 수 있고, 먹고 싶은 대로 먹어도 춥다고 느끼는 때가 있다.

남쪽의 수제비는 재료가 풍부해 그 가짓수만도 세어보기 바쁘다. 무엇을 넣으면 무엇으로 이름지어지는 수제비는 만들기도 쉽다. 빠르게 실속 있게 먹을 수 있는 한 끼 메뉴를 얼마든지 만들 수 있다. 수제비 재료를 넉넉하게 쓰고 해물까지 넣어 얼큰하게도, 담백하게도 만든다. 신선한 재료로 만들어 무엇과도 비교할 수 없이 맛있다.

음식이 남아본 적 없어 여섯 식구가 매달려 뜨거운 여름이나 겨울이나 끼니거리가 부족할 때 먹은 뜨더국. 여름에도 가을에도 훌훌 불어먹는 맛. 겨울에는 김칫국에 반죽한 재료를 풍덩 넣어 먹는다. 혀가 데인 줄도 모르고 허기지게 먹으며 포만감에 즐거웠다. 속임수라도 나누어 먹을 수 있는 가족이 있어 좋았다.

주식인 듯 부식인 듯 몰아서 먹는 음식에는 수제비 말고도 콩나물국밥이나 돼지국밥도 있다. 그러니 추운 날 따뜻한 위로가 필요할 때, 되는 일이 없어 외롭고 쓸쓸할 때 국밥을 한 그릇 먹으면 뱃심이 생기고 오기가 살아난다. 속이 따뜻하면 오장이 펴인다. 바람이 차겁다고 느낄 때, 나무에 맺힌 빗방울이 눈물처럼 느껴질 때면 엄마가 만들어준 뜨더국이 생각난다. 기억조차 아프면 그냥 그때처럼 즐겁게 먹을 일이다.

뜨더국 만들기

재료
강냉이 가루, 풋고추, 감자, 호박, 파, 마늘, 된장, 소금

만드는 방법

1. 강냉이 가루를 익반죽한다.

2. 파와 마늘을 볶다가 국물을 넣는다.

3. 감자를 먼저 넣고 익기 시작할 때 호박을 넣은 다음 된장과 소금으로 간을 맞춘다.

4. 끓는 국물에 반죽을 얇게 뜯어 넣는다.

5. 마지막에 풋고추와 파를 넣어 조금 더 끓여준다.

3

취한 듯 살고 싶은 인생이어라

술

누룩 익는 냄새에 숨은 이야기

술 이야기에 아버지를 빼놓을 수 없지

술 이야기를 하려니 술 한잔 생각난다. 술을 마시면 경직된 감각이 풀어지고 없던 용기도 생긴다. 술이 없다면 무슨 멋으로 살랴.

술을 아주 많이 마시는 사람을 '술고래'라고 한다. 아버지는 고래만큼은 아니더라도 늘 취하고 싶어 했다. 세상살이 어려워 숯덩이처럼 타들어간 마음도 술 한잔으로 해독할 수 있다는 등 이유를 붙여가며 드시곤 했다. 혼자 마실 수 없으니 이웃을 불러 같이 마신다. 부실한 안주에 취하도록 마신다.

술 마실 일은 계속 생긴다. 이유를 붙이는 것도 나름이라 경조사에서 마시기도 하고, 왕진이라도 나가면 눌러 앉아 마시고, 어려운 수술이 끝나면 집도한 의사들이 모여 술 한잔한다. 가끔 실수도 하신다. 아버지 연배의 의사들은 대략 출신 성분*이 좋지 않다. 지주나 부농의 자식이 많아 당원이 아닌 사람들이다. 당원이 되지 못한 콤플렉스가 있어 모여 앉아 술잔을 기울이다 다투기도 한다. 아이들처럼 상대의 허물을 들추기도 하는데, 기술일을 하는 사람들에게서 흔하게 볼 수 있는 일이다.

속내는 어떨지 몰라도 이북 사람들은 의사를 존경한다. 남쪽에 비하면 북쪽의 의술이 뭐 그리 대단하겠냐고 생각할 수도 있겠지만, 기계 수치에 의존해 진단하는 의술이

---

*   북한에서는 태어날 때 부모가 가지고 있는 사회적 지위나 재산 유무에 따라 국민을 핵심 계층, 동요 계층, 적대 계층으로 분류한다.

아니기 때문에 더욱 존경할 만하다.

내가 지켜본 아버지 치료법의 포인트는 '감'을 잘 잡는 것이다. 처음에 맥박을 잡고 안색을 살피고 청진기로 듣고 그래도 '감'이 없으면 환자에게 말을 건다. 대화하면서 특정 부위가 아닌 몸 전체를 살펴서 진단하고 처방한다. '감'도 잡지 못하고 처방도 제대로 못하면 환자들의 입방아에 오른다.

아버지는 수술이 잘 되었을 때면 기분 좋게 술 한잔하셨다. 어느 날엔가는 몇 명의 의사가 한 환자를 두고 수술할 것인가 말 것인가 의견이 갈려 아버지가 나서서 바로 수술해야 한다고 했단다. 그러고는 집도하여 배를 갈랐는데, 피가 솟구치고 터진 곳을 아버지가 순식간에 찾아 수술이 잘 마무리 되었다고 한다. 그 날은 그래서 기분 좋은 이야기와 함께 한잔하셨다.

환자는 의사에게 생명을 맡긴다. 의사의 손에 살 사람이 죽기도 하고, 죽을 사람이 살기도 한다. 죽을 고비에서 벗어난 환자는 고마운 마음에 기름이며 술이며 당과류를 집으로 가져왔다. 덕분에 우리 가족도 어려운 시기에 도움을 많이 받았다.

　아버지는 알코올의 힘을 얻어 엉뚱한 일을 하기도 했다. 수령의 사망으로 온 나라가 애도하던 무더운 여름, 장롱 깊숙이 숨겨놓은 거액의 돈이 사라졌다. 술기운이 가득한 아버지가 "수령님께서 서거하셨는데 돈이 무순 필요가 있겠나. 그래서 당 비서 동지에게 애도기간에 써달라고 주고 왔다"고 하기에, 울지도 웃지도 못했다. 돈은 되돌려 받았지만 엄마는 이 이야기를 두고두고 써먹었다. 코미디 같은 사건이었다.

　아버지는 당원이 되지 못한 콤플렉스로 늘 열심히 일했다. 당원이 있는 집 세도가 당당할 때였다. 지금은 많이 바뀌었지만 결혼 조건으로 입당했는가를 먼저 묻곤 했다. 노력해도 안 되는 게 있으니 그렇게라도 자식들에게 신분 상승의 기회를 주고 싶었을 것이다.

　평소에는 말수가 적은 아버지였지만, 술만 들어가면 숨어있던 유머가 드러나 아무렇지도 않게 하는 이야기로 사람을 웃겼다. 얼마나 마음이 허전했으면 말도 안 되는 이야기들로 웃고자 했을까.

　술 익는 마을에 취한 듯 살고 싶었던 사람들과 술을 무척이나 좋아했던 아버지. 고통스럽고 막막한 생활에서 탈출하려는 용기를 가지고 행동하게 했던 것은 한잔 술에 녹아있는 알코올의 힘이다.

아버지는 두만강을 몇 번이나 건넜다. 지형과 언어에 익숙한 아버지가 먼저 건넜고, 다음은 반신반의하는 나를 설득시켜 두만강을 건넜다. 그러고는 영원히 돌아오지 않을 결심이었다.

1999년 2월, 내리는 눈을 어깨에 맞으며 아버지는 어둠 속으로 멀어져갔다. 1960년대 장밋빛 희망으로 두만강을 건너 북조선으로 간 아버지는 초라한 모습으로 옛 친우들을 만났으리라. 나는 찰나에 비친 아버지 모습을 보았다. 성급한 선택이 운명의 지침을 돌려놓았다. 내리는 눈을 어깨에 맞으며 아버지는 멀어져갔다. 수년의 시간이 지났으니 생존해 계실 것이라는 희망을 내려놓는다.

아……. 아버지! 하늘나라 그곳에도 술이 있겠지요. 불효를 용서하시고 평안하소서.

감주 만들기

재료

입쌀, 보리길금*

* 맥아

** 감주는 신맛이 날 때가
지 삭혀서 만든 음료로
단술이라고도 한다. 식
혜와 달리 설탕을 넣지
않고 발효된 물을 차게
만들어 먹는다.

만드는 방법

1. 보리길금을 따뜻한 물에 불려 앙금을 앉힌다.

2. 고슬하게 지은 밥에 보리길금을 가라앉힌 윗물
을 넣고 40도 정도 되는 곳에서 6~7시간 삭힌다.

3. 밥알이 떠오르면 30도가량의 온도를 유지하며
일주일간 두었다가 한 번 끓인 다음 걸쭉해지기
시작하면 불을 끈다.

5. 뜸을 푹 들였다가 차게 하여 마신다.**

137

북한은 물이 좋아 고급주를 만들기에 조건이 좋다. 고급주, 소주, 맥주 등 술의 종류도 다양하다. 지역에 따라 여러 술이 있다. 개성은 인삼을 넣은 개성고려인삼술이, 자강도 강계에서는 포도를 심어 가공부터 저장, 판매까지 하는 강계포도주가 유명하다. 대동강맥주는 대동강 지하수와 약수로 만들며 해외에도 수출된다. 또, 룡성맥주는 북한에서도 아주 고급 맥주다.

술의 재료는 곡류와 산열매다. 산열매로 만든 도토리술은 맑고 깨끗하다. 식량을 대체할 수 있는 재료들로 술을 만들기에 국내에서 소비되기보다는 외화벌이 수단으로 이용된다. 주정이 25도 이하면 소주라고 한다. 소주는 대중이 마시는 술이다. 대중화된 술인 평양소주는 2018년 국주로 지정되었다. 유명한 대동강맥주는 2002년 영국에서 설비를 구매해 평양 인근에 공장을 지어 만든 것이다.

공급되는 술은 주정 25도 아래로 공장에서 만든 소주다. 술의 원료인 곡류와 산열매를 발효하여 만드는데, 먹을 식량도 부족하니 곡주가 들어가는 술이 판매될 리 만무하다.

상표가 있는 판매용 병술은 강냉이, 쌀, 곡주라고 표시되어 있지만 대량으로 공급되는 술은 희석주일 가능성이 높다. 화학공장에서 에틸알코올 원액을 가져다가 물에 희석시켜 팔기도 한다. 그것마저도 부족하니 사람들은 밀주를 만든다. 시중에서 파는 술조차 밀주가 대부분이었으니, 사회주의 시스템이 혼란할 때 식료공장도 문을 닫았기 때문이다.

술은 시스템이 그런대로 굴러갈 때 공급되었다. 명절에 매점을 통해 받는 술보다 직장에서 공급되는 술이 더 많다. 기업 단위로 종업원들에게 공급되는데 지하에서 일하는 사람일수록 더 많이 받는다. 폐에 쌓인 탄가루를 술로 씻어야 한다며 많이도 마신다. 카바이드술은 에틸알코올을 물에 희석시킨 것이다. 공장에서 에틸알코올과 메틸알코올을 구분하지 못하고 변을 당한다. 안주도 부실하기 때문에 환자들을 보면, 간암, 위암, 폐암 환자들이 많다.

북에서는 대부분 술을 좋아하여 뇌물로도 통한다. 병

모양에 따라 청탁 수준이 달라 고급술이라면 대가도 커진다. 높은 직위에 있거나 술과 연관된 일을 하는 사람은 고급술을 얻을 수 있다. 권력층일수록 고급주를 받겠지만 농태기* 한 병으로 족할 때도 있다. 운 좋은 날에는 운전사에게 농태기 한 병을 건네어 먼 거리를 편하게 갈 수 있다. 그러다 보니 술을 받을 만한 위치에 있는 사람이나 관리하는 사람들은 술 때문에 고생하기도 한다. 취해서 실수라도 하면 순간에 지옥으로 떨어질 수 있고, 너무 많이 마시면 못 먹은 사람보다 먼저 가는 수도 있다.

돈과 권력이 있는 사람은 고급술을 마시고 서민은 농태기를 마신다. 공장에서 생산된 술은 맑으면서 알코올 향이 진하다. 밀주는 대부분 곡물로 빚기 때문에 달콤한 맛이 난다. 여기에 향료까지 약간 가미하면 술술 넘어가는 술이 된다. 어떤 맛에 고정되면 그것으로 맛을 인지하기 때문에 농태기를 좋아하는 사람은 그것만 좋아한다. 계층의 구별은 맛도 구별되어 고급술은 여전히 상류층의 전유물이고 서민들은 농태기, 밀주를 소비한다.

---

* 밀주의 한 종류, 북한에서 가장 대중적인 소주이다.

밀주는 강냉이, 도토리로 만든다. 누룩이라는 곰팡이균은 화학공장에서 나온다. '술약'이라고 부르는 누룩곰팡이를 원료들과 섞어놓으면 얼마 지나지 않아 뽀얗게 곰팡이 균이 자란다. 누룩과 원료를 넣어 보름 정도 지나면 벌렁벌렁 끓기 시작한다. 뚜껑을 열어 향긋한 냄새가 나면 잘 익은 것이고 시큼한 냄새가 나면 술도 시어져버린다. 가마에서 끓어오르는 증기를 냉각시키면 관을 타고 떨어져 내리는 것이 술이다. 처음 나오는 술은 도수가 70도가 넘고 그다음은 점점 낮아지는데, 낮은 것과 높은 것을 섞어서 24~25도로 맞추면 증류식 소주가 된다. 여기에 세신* 뿌리나 오미자를 넣으면 정품보다 훨씬 부드럽고 향기로운 술, 서민이 좋아하는 밀주인 농태기가 된다.

대동강맥주 맛이 좋다고 하지만 시골에 들어올 리 없고, 개성고려인삼술, 강계포도주, 들쭉술은 먹는 사람만 먹는다. 아무래도 곡식이 부족하니 공장주보다는 밀주가

---

*   쥐방울덩굴과의 민족두리풀 또는 족두리풀, 뿌리와 줄기의 향이 강하며 뿌리가 가늘고 긴 약초

많다. 공장주가 매점에 가지런히 놓여 구매자를 기다리고 있으면 금지된 술인 밀주를 만들 이유가 없다. 국가가 생산을 못하니 개인이 맥주까지 제조한다. 내 고향도 남한처럼 주량에 따라 먹고 싶으면 언제든 누구와 술잔을 기울일 수 있는 술 문화가 있으면 좋겠다.

밀주 만들기

재료

강냉이 가루, 누룩곰팡이

만드는 방법

1. 강냉이 가루에 곰팡이균을 넣어 고루 버무려 따뜻한 곳에 놓아 누룩을 만든다.

2. 2~3일 지나면 누룩을 뜯어 가루와 함께 독에 넣고 물을 붓는다.

3. 술 죽이 벌렁거리며 끓다가 소리가 뜸해지고 맑은 윗물이 앉으면 퍼낸다.

4. 가마에 술 죽을 넣고 끓인다.

5. 증기로 냉각시키면 술 기계에 붙은 관으로 술이 떨어진다.

6. 처음 떨어진 것과 나중에 떨어진 것을 섞어 도수를 맞추어 병에 담는다.

밥이 귀하면 술도 귀하다. 술의 원료가 곡식과 과일이기 때문에 북에서는 밀주를 엄하게 단속한다. 숨기려는 자와 찾으려는 자의 숨박곡질*이 이어진다. 아무리 감추려 해도 부글부글 끓는 소리를 숨기지 못하고, 방 아랫목에 있는 어른 허리 넘게 큰 술독을 갑자기 옮겨놓지 못한다.

그래서 커다란 술독이 옷장이나 부엌으로 숨는다. 그래도 걸리면 물건마저 회수당하고 본전도 건지지 못한다. 밖으로 자물쇠를 잠그고 술을 내리려 해도 문밖으로 새어 나오는 냄새를 어쩌지 못한다. 밀주는 이윤도 많고 술지게미로 끼니를 해결할 수 있어 온 마을이 술을 만들었다.

처음에는 술 뚜껑을 뒤집어 술을 내렸다. 그러다 정교한 기계가 나오면서 맛도 좋아졌다. 수요가 많아지니 공장 술 못지않게 대량으로 내릴 수 있는 술 기계가 생겼다. 술 약은 화학공장에서 나오니 누룩을 만드는 데 쓰고도

* 숨바꼭질

남는다.

술은 지역에서 소비하는 것을 넘어, 농촌이나 어촌 간 물물교환의 대상이 된다. 병에 담지 않고 고무주머니에 넣어 배낭에 지고 다닌다. 잘하면 곱으로 떨어져 제법 되는 장사다. 그러나 술이 쉬어 망칠 때도 있으니 손해도 감수해야 한다.

술을 마시는 이유는 다양하다. 즐거워서 마시고, 스트레스를 해소하려고 마시고, 고통을 잊으려 마신다. 북한에서는 술을 여자보다 남자들이 주로 마시며 낮은 것보다 높은 도수의 것을 선호한다. 대중적인 술은 25도 이하이다. 주량이 도량이라고, 남자들은 배포가 있어야 하는 것이다. 무엇이나 부족할 때일수록 술의 수요가 높아진다.

어려운 시기 알코올에 중독된 사람이 많았다. 밥은 없어도 술을 마시지 못하면 행패를 부리니 집 안을 샅샅이 뒤져 한 홉의 식량을 들고 나와 술을 먹었다. 술을 마시려 도둑질도 마다하지 않는다. 제정신으로 살기 어려우니 순간이라도 취해서 세상 모르고 사는 게 편하다. 아이를 키워야 하는 엄마는 술 파는 집에 찾아와 소란을 피우니 누구의 말을 들어줄지 파는 사람은 난감하다.

어떻게 마실까. 혼자도 마시고 여럿이 모여 먹기도 한다. 술은 취하려고 마시는 것이다. 그러니 사람들은 도수가 높은 것을 좋아한다. 농태기에 길들여진 사람은 공장에서 제조된 술이 맞지 않고 공장술에 익숙한 사람은 그것만 좋아한다. 비즈니스로 먹기도 하고 친분을 쌓으려고 자리를 만들어 먹기도 한다.

북쪽에서는 건배를 하지 않는다. 술잔을 부딪치는 일도, '위하여'를 외치는 일도 없다. 일반적으로 술은 직장에서 동료끼리 친구끼리, 가정에서 가족과 조용히 마신다. 우렁찬 건배사는 보기 드물다. 상대에게 '쭉 냅시다'* 하는 것이 전부다. 멋진 건배사를 외워두지 않아도 되고, 잔을 부딪치려 자세를 바로잡을 필요도 없다.

폭탄주도 없다. 아직 소주와 맥주의 비율을 가려가면서 섞어 먹는 술 문화는 없다. 식단이 소박한 만큼 술자리도 요란하지 않다. 맥주 거품을 내는 멋진 풍경도 없고, 폭탄주에 취해서 갈 데까지 가는 음주 문화도 없다. 남쪽처럼

* 건배의 의미

풍족하게 술을 마실 수도 없고, 마실 술이 부족하기 때문이기도 하다.

북쪽에서 술은 남성의 기호품으로 여성이 마시면 품행이 단정하지 않은 '날라리'로 본다. 직장에서 일이라는 전투를 몰아쳐 과제를 끝내면 거하게 차려서 한바탕 놀기도 한다. 술은 조금 취하는 정도로 마시고, 코가 삐뚤어지게 마시는 것은 집에서 이웃이나 친구와 마실 때이다. 길거리에 술에 취해 비틀거리는 사람이 간혹 있다. 흔하지 않는 광경이기에 신고라도 하면 단속되고 직장에 통보되어 일상에 지장이 생긴다.

좋은 안줏거리는 마른 명태와 두부다. 황태라 부르는 마른 명태를 북북 찢어 안주로 삼았다. 두부는 집에서 만들거나 개인이 집에서 만들어 파는 것을 사서 양념장을 만들어 술안주로 한다. 이것도 없으면 김치나 무오가리*, 콩장** 등 밥반찬을 안주로 한다.

*   '무말랭이'의 방언
**   '콩자반'의 방언

콩장은 여러모로 쓰임새가 좋다. 콩에 명태머리와 간장을 넣고 푹 삶으면 뼈까지 녹아난 명태에 콩알이 구수하다. 해장은 콩나물국, 된장국, 북엇국으로 한다.

콩자반 만들기

재료
콩, 식용유, 간장, 꿀,
마늘, 참기름, 참깨

만드는 방법

1. 푹 삶은 콩에 식용유, 간장, 꿀을 두고 졸인다.

2. 국물이 거의 졸아들면 다진 파와 마늘을 넣고 고루 저어준다.

3. 참기름과 참깨를 뿌려 그릇에 담는다.

돈, 돈은 늘 필요하다. 돈이 있어야 산다. 오늘의 게으름이 내일의 굶주림으로 돌아오기에 돈을 벌려고 악착같이 움직였다.

빵 하나에 집을 내놓은 아이와 어른의 거래가 잘못되었다고 누구도 말하지 않는 무법천지 아비규환의 시대에 자본주의를 배웠다. 한계점에 다다르면 시키지 않아도 스스로 찾게 되고, 돈 버는 게 얼마나 재미있고 의욕을 키우는지 알게 된다. 살기 위해 시작한 일이지만 자본주의는 이익을 주었고 나태하게 살았던 어제는 과거가 되었다.

낮에는 출근하고 밤에는 술을 빚어 돈을 벌었다. '어떻게 하면 원가를 줄이고 더 맛있게 만들까'를 궁리했다. 술을 어디에 팔아야 하고 단속에 걸리지 않으려면 어떤 방법을 써야 하는지에 대한 생각만 머릿속에 꽉 차 있었다. 술에 오미자나 세신뿌리를 넣어 부드럽고 향기롭게 만들었더니 잘 팔렸다.

강냉이 한 말이면 술을 만들어 도매로 넘기는 데 보름

정도 걸린다. 이윤은 본전의 세 배가 떨어진다. 옷장에 숨기고, 아궁이 쪽으로 숨기면서 돈을 벌었다. 법을 위반하지 않고 평생 정직하게 살았다고 하면 거짓말이다.

돈맛에 재미가 들려 술 다음에는 엿을 만들었다. 그다음은 맛내기였다. 함흥에 있는 외화상점서 아지나모도를 사고, 국내산 맛내기(미원)을 구매해 여러 개로 소분한 다음 비닐로 봉인해 장마당에 도매로 넘겼다. 주머니를 뒤지면 여기저기서 튀어나오는 돈을 보면 힘이 솟아났다. 어렵고 힘든 시기인지라 몇 번의 장사로 부자가 되는 건 아니지만 대신 돈을 조금씩 불리는 방법을 배웠다.

단속에 걸려 본전까지 잃고 난 다음에는 산에 있는 약초를 캐서 신의주, 혜산으로 가져가 팔았다. 여러 지역을 다니다보니 듣고 보는 것도 많아졌다. 재빠르게 장사를 시작한 사람들이 규모가 막 커지는 장마당에 자리를 잡았다. 그때만도 차마 장마당에 앉아있지는 못했고, 남들이 무엇을 하면 조금씩 따라 했다. 재주껏 일해서 돈이 조금씩 쌓이는 재미로 살았다.

양복점 일은 서비스 업종에 속한다. 양복점에서 나는 옷 만드는 일을 했다. 북에서 양복점은 대개 사고로 장애를 가지게 된 사람들이 우선 취업하는 곳으로 인식한다. 그래서 사지가 멀쩡한 사람이 양복점에 취업하면 이상하게 본다. 그렇더라도 옷을 만드는 기술이 있어야 하기 때문에 재단할 수 있는 자격과 경력은 갖추어야 한다. 어쨌든 여기에 취업해서 떠날 때까지 직장생활을 했다.

남쪽으로 치면 '서비스 업종'에 해당하는 '종합편의'는 국가가 운영한다. 제분소(방앗간), 사진, 도장, 양복, 미용, 구두수리, 시계수리 등 서비스와 관련된 직종이 종합적으로 모여 한 개의 직장 단위가 된다. 내가 다닌 양복점 작업장에는 사고로 다리를 잃은 사람이 반장이었다. 한쪽 다리를 잃은 여자 한 사람이 더 있었다. 시계 수리공은 척추에 혹이 생긴 키 작은 사람으로, 최고급만 입는 멋쟁이였다.

시간이 지나면서 양복점으로 찾아오는 사람들이 줄어들었다. 어제는 경비를 서던 사람, 오늘은 출납을 하던 언니가 굶어죽었다. 언제 어떻게 될지 모르는 공포가 가득하니 모두 직장으로 나오기 싫어했다. 재봉틀을 둘러메고 농촌으로 향하는 사람도 있고, 출근하지 않고 얼마간의 돈을 직장에 지불하고 장사하러 떠나는 사람도 있다. 남자들은 떼돈을 벌려고 불법이고 합법이고 가리지 않고 위험한 장사에 뛰어들었다.

　기름개구리*로 떼돈을 번 사람도 있었다. 기름개구리가 돈이 된다는 소문이 멀리까지 들려오자 건장한 사람들이 개구리를 잡으러 몰려갔다. 암컷 기름개구리 뱃속에 있는 기름을 파는데, 아주 비싼 가격으로 거래되었다. 암컷 한 마리에 있는 기름이 적어 수량을 채우려면 엄청난 노력이 든다. 개구리기름을 두만강 너머 중국에 팔면 한번에 큰돈을 벌 수 있으나 그만큼 위험부담이 크다. 밀매가 쉽지 않아 힘들게 잡은 개구리를 모두 사기당하는 사람도 있다.

　동銅장사도 유행했다. 하룻밤 사이 동으로 된 전기선 수십 미터가 잘려나가고, 기계에 붙어있는 핵심부품을 뜯어갔다. 돈이 된다면 고조할아버지 유품도 서슴없이 국경으로 가져가 약간의 돈으로 바꾸었다. 중국 국경에는 생존

---

*　북방산개구리, 산개구리라고 불리며 약개구리로 인식된다. 대한민국 전역에 서식하며 암컷의 수란관을 건조한 '합마유(蛤蟆油)'를 가공해 이용한다.

의 경각에 달린 사람들이 가져오는 물건을 헐값으로 사갈 수 있는 장사꾼들이 항시 대기하고 있다. 국경을 사이에 두고 요구하지 않은 게 없으니, 모두들 그렇게 살았다.

'고난의 행군'이라는 어려운 시기에 자본주의를 배우고 돈 버는 방법을 알았다. 본전에서 이윤을 얻는 일은 의욕을 불러일으킨다. 그러나 자본주의가 허용되지 않은 사회에서 합법은 없다. 돈 버는 방법을 배우는 것은 어렵지 않았으나 어떻게 벌고 어떻게 쓰느냐가 문제였다. 불법으로밖에 할 수 없으니 금지된 곳에서 권력을 가진 자의 욕심만 불려주었다. 보위원*은 보이지 않게, 안전원**은 안전하게, 죽어가는 사람은 노인과 어린이, 힘없는 서민이다. 돈을 벌었다 해도 순식간에 잃을 수 있으니, 안전하고 도덕적인 자본주의를 말할 수 없는 나날이었다. 낮에는 사회주의, 밤에는 자본주의에 기대어 목숨을 부지했다.

---

*   '국가정보기관 요원'을 뜻하는 말
**   '경찰'과 같은 의미

강냉이 물엿 만들기

재료
강냉이 가루, 엿기름

만드는 방법

1. 엿기름 분량의 절반을 강냉이 가루와 물에 풀어
   준다.

2. 가마에 넣고 천천히 끓이다가 가열시켜 30분 정
   도 끓인다.

3. 조금 식혀 나머지 엿기름을 넣어 1시간 정도 다
   시 끓인다.

4. 삭힌 죽을 걸러낸 물을 가마에 넣고 저어주면서
   엿이 될 때까지 졸인다.

세상살이에 적응하려면 술이 필요하다. 오죽하면 예수님도 술로 기적을 행하시고 술로 마감하셨을까. 하물며 국경을 넘어 죽은 듯 살아야 하는 국적 없는 신세라면 더욱 술 없이는 살기 힘들다. 마음에 담은 것을 쏟아놓지 않으면 잠을 잘 수가 없다. 아무데나 쏟아놓았다가는 어디서 주사를 부린다고 흉을 잡힐지 모를 일이다.

무거운 짐을 내려놓듯 아무도 없는 곳에 나를 덜렁 두고 가신 아버지를 얼마나 원망했는지 모른다. 호락하지 않은 세상에서 홀로 맞아야 하는 상황이 두렵기만 했다. 어쩌다 이렇게 되었나 싶어 가만히 돌아보면, 숨을 쉬고 있는 것만도 기적이다.

아직도 나는 어떻게 술을 마셔야 하는지 모르겠다. 취한 척 이리저리 하고 싶은 말을 요리하는 아버지의 스트레스 해소법을 배우지 못했다. 한잔 술에 목 놓아 울 때도 있지만 그러고도 말문이 터지지 못하고 서러움이 폭발해 눈물부터 앞선다.

나도 그를 모르고 그도 나를 모르니 답답한 김에 술 한 잔 마신다. 보고 싶은 사람을 보지 못하니 또 한 잔 마신다. 괜히 서러워 한 잔 마시고, 뜻대로 되지 않아 또 한 잔 마신다. 술을 먹고 실수라도 하면 어쩌다 실수를 했나 싶어 죄책감에 또 한 잔 마신다. 그러고도 시원하게 말문이 터지지 않으니 내가 나를 모르겠다.

어제와 결별하고 오늘을 살아야 하는데 그러지 못해 술을 마신다. 어제를 통하지 않고 오늘을 살 수 없어 내가 나를 위해 마시고 나에게 취한다. 잔뜩 취해서 뱃속에 있는 것들을 토해놓고 또 마시고, 마시고 그러다 새로운 날을 맞아 새로운 나와 만난다.

'어디서 왔냐'라는 질문이 무섭다. 하고 싶은 말을 못 하니 술을 배웠다. 어쩌다 물건을 살 때 눈빛이라도 허둥거리면 장사꾼은 빠르게 알아채고 가격을 높인다. 항의라도 하면 안 되는 일이다. 나는 벙어리가 되어 조용히 물러난다. 그러고는 독한 빼갈*을 마셨다. 취한 척 주사를 부려보았다. 그래도 말없이 가족으로 받아주었던 사람들, 오

---

* 　　　고량주

랜만에 전화라도 한 통 해야겠다.

맥주를 한 잔 마셨다. 이슥하게 깊은 밤, 손님도 없는 주점에서 혀 꼬부라진 소리가 나왔다. 드디어 말문이 열리나 싶었다. 시끄럽게도 꼬부라진 소리만 하니 알아듣지 못한다. 술 한잔에 친구 되어 심중의 말이 술술 나온다. 마음도 넉넉해져서 빈 지갑을 열고선 계산하겠다고 설친다. 그래도 한잔 술에 즐거우니 술에 취해 억한 말이라도 고깝게 생각하지 않는다.

꼬부라진 말이라도 실컷 늘어놓고 시시덕거리며 야심한 밤 거리를 활보했다. 주름진 말이라도 언젠가는 다리미로 펴인 듯 반듯해지리라. 하늘과 땅 모두 내 것인 듯 어깨가 펴인다. 우리는 밤하늘을 바라보며 크게 웃었다. 넓은 도로와 높은 아파트 사이를 분주히 오고 갔던 길거리가 술 한 잔에 무너져 내렸다.

시간은 빨리도 흐른다. 스치듯 한 해가 지나간다. 처음 전화기를 들고 어찌할지 몰라 허둥거렸던 때를 지나 지금은 스마트폰을 쓴다. 더 좋은 게 빠르게 나오니 따라가기가 바쁘다. 내가 뛰면 시간도 뛰고 가만히 있으면 시간도 멈춘다. 나는 어째서 뛰려고 하는지 모르지만 모두 빠르게 움직이니 따라가지 않으면 안 될 것 같다. 그러니 스트레스가 쌓여 한 잔, 이완시키려 한 잔 먹는다. 푹 마시고 나서 다음 날에는 아무 일도 없는 듯 다시 쫓기듯 뛰어간다.

속살이 도톰하고 알이랑 고니랑, 미나리, 쑥갓이랑 벌렁벌렁 끓고 있는 매운탕에 소주 한잔 코끝이 빨개지도록 먹어야겠다. 취하고 깨다 보면 시간은 지나고 그러면 그런대로 살겠지. 깊이 고민하고 힘들어할 필요 없다. 괴로움은 한잔 술이 해결해준다. 예수님도 마지막 고통스러운 순간 포도주를 드셨으니, 술이 없다면 무슨 멋에 글을 쓰랴.

명태 매운탕 만들기

재료

명태, 쑥갓, 두부, 풋
고추, 식용유, 고춧가
루, 간장, 고추장, 양
념재료

만드는 방법

1. 손질한 명태와 두부, 쑥갓, 풋고추와 파를 적당한
   크기로 썰어놓는다.

2. 파를 볶다가 맛을 내어 국물을 만든다.

3. 국물이 끓으면 명태, 알, 애, 고니를 넣고 끓인다.

4. 애와 고니를 슬쩍 익혀 건져 다진 파, 마늘, 후춧
   가루, 고춧가루, 참깨를 넣어 양념장을 만든다.

5. 국물에 고추장을 풀고 두부, 풋고추, 쑥갓을 넣고
   끓인 다음 양념장을 올려 그릇에 담는다.

떡

길 떠나는 이의 품에 안긴 꼬장떡

옥수숫가루로 만들어 식으면 꼬장꼬장 굳어져 꼬장떡
이다. 꼬장떡은 가루만 있으면 쉽게 만들어 먹을 수 있다.
이름처럼 모양도 동글납작하게 만들어 세 손가락 도장을
찍기도 하고, 잎사귀 모양으로 빚어 꼬리를 뽑기도 한다.
뜨거운 물로 반죽해 양쪽에 꼬리를 만들어놓고 가운데를
손날로 찍으면 마치 나무 잎사귀를 보는 듯하다.

꼬장떡은 쪄내지 않고 반죽하여 가마에 빙 둘러 붙인다. 김을 올리면 구수한 냄새가 나기 시작한다. 다 익었다 싶으면 떡을 떼어내는데, 꼬리떡 밑면이 과자처럼 바삭하게 익는다. 불의 세기를 조절하고 익어가는 냄새를 잘 알아야 맛있는 꼬장떡을 먹을 수 있다.

옥수숫가루에 길짱구*를 섞어 꼬장떡을 만들면 굳지도 않고 부드럽다. 햇콩이나 큼직한 줄당콩을 박아 넣기도 한다. 둥그런 모양을 만들 때는 잘 익으라고 세 손가락으로 쿡 눌러준다. 손으로 눌러주는 이유는 모양도 좋고 잘 익기 때문이다. 뜨거울 때 먹으면 고급한 음식 부럽지 않으나 식으면 돌덩이가 되어 꼬장꼬장하다.

꼬장떡은 길 떠나는 사람에게 중요한 양식이다. 먹지 못하면 죽을 수도 있다는 두려움이 마을을 휩쓸고, 사람들은 봇짐을 지고 어디로든 떠났다. 돈도 중요하고 먹을 것도 중요하다. 돈과 꼬장떡을 가슴에 품고 비장하게 떠난다.

---

* '질경이'의 북한말, 배와 조개 모양을 닮았다 하여 '뱃조개'라고도 한다.

사람들은 떠나기 전 꼬장떡에 소원을 빌었다. 단속에 걸리지 않고 무사히 돌아오게 해달라고 두 손 싹싹 빌고는 꼬장떡을 조금 떼어 문밖에 던진다. 간절하면 온갖 신을 불러서라도 잘 되기를 바란다. 무거운 배낭을 지고 굳어진 꼬장떡을 조금씩 깨물어 먹으며 수십 리 길을 걷는다.

그 길에서 꼬장떡 입자 하나하나를 세듯이 먹는다. 품 안에 있는 꼬장떡이 힘이 되어 길을 걷게 한다. 먹어야 무엇이든 할 수 있으니 꼬장떡에 목숨을 건다. 이것이라도 없으면 길거리에서 쓰러져 일어나지 못한다. 허기져 쓰러져도 누가 누구를 동정할 처지가 못 되어 꼬장떡을 도둑맞지 않고 목적지까지 가려고 아끼며 먹는다.

집에 남은 아이는 엄마를 기다리며 꼬장떡을 먹는다. 꼬장떡을 다 먹도록 엄마가 돌아오지 않으면 아이도 길을 떠난다. 차를 공짜로 태워줄 리 만무하고 그렇게 떠돌다 돌덩이가 되어 길 위에 눕는다. 꼬장떡을 먹으면 살고 먹지 못하면 죽는다. 사람이 무리로 죽어나가도 아무 일 없는 듯 하루가 무심하게 지나간다. 무심한 하늘 아래, 땅 위에는 죽음의 공포가 가득했다. 야비한 단어를 모두 갖다

붙여도 표현할 수 없는 시대를 견디고 살았다.

함흥으로 시집간 언니가 함경남도 고원군 수동구에 있
는 친정에 두 딸을 맡기고 갔다. 장사로 돈 벌어 돌아온다
던 언니는 몇 달이 지나도록 돌아오지 않았다. 농촌에 시
집가서 쌀밥은 먹는 줄 알았는데, 그 시기 어디라 할 것 없
이 들이닥친 고난을 비껴가지 못했다. 장사 밑천까지 모
두 잃어버리고 빈털터리가 되어 돌아온 언니가 마땅하지
도 않았다. 모진 마음을 먹고 집에 남아있는 강냉이 가루
를 털어 꼬장떡을 빚었다. 마침 함흥으로 가는 인편이 있
어 조카들을 딸려 보냈다. 어려운 시기에 내가 살겠다고
조카를 떠나보냈던 나는 분명 죄인이다. 그러나 죄를 짓
지 않고 그 시기를 견디어낸 사람이 있을까.

꼬장떡은 생명이자 희망이었다. 부족한 시기에 강냉이
가 얼른 자라서 꼬장떡이라도 먹게 되기를 모두가 간절
히 기다렸다. 간절하면 강냉이가 커가는 소리, 여물어가
는 소리를 듣는다. 강냉이밭을 지나는 바람소리는 신神들
이 걸어오는 소리처럼 거룩했다. 그렇게 키워낸 강냉이로
가루를 만들어 반죽해 가마에 쪄내는 것이다. 반들거리는

잎사귀 모양의 꼬장떡은 고운 낙엽 같기도 하고, 반짝이
는 아이의 눈빛 같기도 하고, 맵시고운 여인처럼 날렵하
고 우아하다.

강냉이 꼬장떡 만들기

재료
강냉이 가루, 소금

만드는 방법

1. 강냉이 가루를 끓는 물에 반죽한다.

2. 반죽을 잘 해서 둥근 모양 또는 잎사귀 모양으로
빚는다.

3. 가마에 김이 오르면 보를 펴고 가지런히 넣는다.

4. 30분 정도 지나면 가마를 열고 찬물을 뿌려준다.

5. 뜸을 들인 다음 그릇에 담는다.

북쪽 고향에서도 추석이면 송편을 빚는다. 맛에 멋을 더하고자 뒷산 소나무 잎을 뜯어 찜솥에 깔아놓는다. 큼직하게 빚은 송편을 가지런히 놓고 김을 올리면 송편에 소나무 향이 배어 가을 운치를 더해준다. 송편 속재료로 팥이나 당콩을 넣는다. 남쪽 송편에 비해 송편 크기가 두 배는 크다. 송편에 소금을 넣어 행운을 점치기도 한다. 송편 소를 넣으면서 재미로 소금이나 색다른 재료를 넣는다. 이것을 집은 사람에게 행운이 있다 여겨 모두의 축하를 받는다.

함경북도와 량강도 지역에서는 송편에 양배추를 넣어 빚는다. 두만강 건너 연변에 사는 조선족들은 송편 소로 무나 채소를 사용한다. 나는 만두도 떡도 아닌 독특한 음식을 연변에서 만났다. 그 맛이 좋아 지금은 양배추를 넣은 송편을 알리는 전도사가 되었다. 양배추 송편은 맛도 좋고 위를 편하게 하는 건강식이다. 눈이 많이 내리는 지역에서 먹는 이유가 있을 것이다.

고향에서 추석날 솔잎을 깔고 쪄낸 송편을 먹었다. 솔

잎을 깔면 솔향이 송편에 멋을 더해준다. 송편을 잘 빚는다는 칭찬에 으쓱해 솔잎을 두둑하게 따온다. 나무 막대기를 걸치고 펴놓은 찜보에 송편을 올려 찐다. 솔향이 가득하고 송편에는 바늘잎 자국이 선명하다.

고향에서 추석은 술 한잔 마시는 날이다. 아직 도로가 발달하지 않아 남쪽에서처럼 귀향길에 차나 사람이 늘어서지는 않는다. 대부분 가까운 곳에 조상의 묘를 두고 있다. 아침 일찍 일어나 정히 받은 물에 쌀로 밥을 짓는다. 갓 찧은 쌀이면 좋으나 없으면 제일 좋은 것으로 밥을 짓는다. 굽고, 찌고, 볶아 정성껏 준비한 음식을 대야에 담고 흰 보를 씌워 산에 오른다. 간단하게 예를 올리고 끝나면 그 자리서 음복한다. 사람들은 산소 근처를 지나는 사람이 음식을 요구하면 그냥 주어야 복을 받는다고 생각한다. 그게 누구라도 말이다.

저녁에는 반달 모양의 송편을 먹으며 한가위를 즐긴다. '더도 말고 덜도 말고 한가위 같아라'라는 말처럼 이날만은 누군가에게 나눌 것이 있는 유일한 날이다. 하모니카 집 덕대에 포도가 익고 지붕에는 둥그런 호박이 있다. 먹거리가 풍성한 계절, 마음까지 넉넉해지는 가을이다.

조상 묘 없이 제사를 지내는 집도 있다. 우리 부모님도 1960년대에 두만강을 건너왔기에 조상묘가 없다. 부모님이 두만강을 건너 북조선으로 가겠다고 했을 때, 할아버지는 많이 말렸다. 어렵게 공부시킨 자식이 떠나는 게 몹시도 서운했던 모양이다. "그래, 가거들랑 편지하거래" 하고는 뒤도 돌아보지 않고 가셨다. 그 모습이 마지막이었다고 한다.

부모님은 할아버지 말씀을 듣지 않았던 불효를 평생 지고 살았다. 잘살면 좋으나, 결과는 그렇게 되었다.

어느 날, 아버지가 갑자기 제상을 차리겠다고 했다. 술잔을 올리고 절을 하시는데 한없이 쓸쓸하고 슬프게 보였다. 평소에 할아버지가 좋아하셨다는 담배를 놓았더니 신기하게도 빨갛게 타들어갔다. 아버지가 우셨다. 소리도 내지 않고 눈물을 훔치며 할아버지 이야기를 하셨다. 어머니에게서 듣기는 했어도 아버지에게서 할아버지 이야기를 듣기는 처음이었다.

1995년, 어려운 시기에 어머니가 돌아가셨다. 덤덤하게 보냈던 한식과 추석에 산으로 가야 할 이유가 생겼다. 추석이면 남들처럼 음식을 만들어 산에 올랐다. 추석을 계기로 결혼한 언니, 오빠가 오랜만에 모였다. 언니는 시집 쪽 산소에 가야겠기에 햅쌀을 놓고는 바삐 돌아갔다.

아버지는 제사 예법을 알려주셨다. 술을 붓고, 절을 올리고, 상에 음식 놓는 방법을 배웠다. 한식, 추석, 생일과 돌아가신 날에 제사를 지냈다. 설과 추석에는 상차림을 하고 한식과 생일에는 간단히 했다. 쌀 한 톨이 귀할 때라 상차림도 만만치 않아, 평소 즐겨하시던 음식 몇 가지로 제상을 차렸다.

추석날이면 부모님 생각이 난다. 가족의 생사를 알 수 없으니 더 슬프다. 추석이면 간단하게 과일과 생선을 차려놓고 술 한잔 올리곤 했다. 그러다 언제부터인가는 그런 형식도 차리지 않는다. 슬픔은 잊고 즐겁게 보내려 한다. 잊어야지. 만나기 힘든 사람을 생각해서 무엇하리. 한잔 술에 취해 흠뻑 울고 내일이면 다시 살아가는 데에 골몰한다.

멋을 알고 먹는 송편은 보름달마저 아름답다. 전깃불

이 없으면 어떠하리. 보름달이 저리도 밝은데. 지금은 양
배추를 다져 넣은 송편을 만들며 그리운 사람을 그리워
한다.

양배추를 소로 넣은 송편 만들기

재료

쌀가루, 양배추, 돼지
고기, 마늘, 파, 참기
름, 소금, 후춧가루

만드는 방법

1. 양배추와 돼지고기를 잘게 다진다.

2. 다진 돼지고기를 팬에 슬쩍 익혀낸다.

3. 양배추는 소금에 절여 물기를 짜낸다.

4. 꼭 짜낸 양배추에 돼지고기와 다진 마늘, 파를
넣고 소를 만든다.

5. 반달모양으로 빚어 가마에 쪄낸다.

낯선 타향이라, 시집 식구들이 아무리 나에게 잘해주려고 해도 늘 불편했다. 나보다 더 험한 과정을 거친 사람들을 보았더라면 공손해졌을지 모르겠다. 새로운 세상에 대한 두려움, 홀로 던져진 것 같은 불안과 생각지도 않은 결혼. 마땅하지 않은 현실이 힘들었다. 그러나 어이하리. 필요에 따라 만났으니 살고자 하는 사람이 노력해야 한다.

눈이 돌아갈 정도로 갖고 싶은 게 많아도 스스로 돈을 벌지 않으면 얻을 수 없다는 걸 몰랐다. 우선, 신분을 감추기 위해 말투를 고치는 것이 시급했다. 내가 살았던 함경남도 고원군 수동구는 평안도, 강원도, 함경남도의 중간 정도의 억양을 사용한다. 함경남도와 함경북도처럼 억세지 않으면서, 그렇다고 평안도나 황해도 지역사람들처럼 온순하지도 않다. 그런데 두만강 너머 연변지역 조선족들은 억양이 센 함경북도 같은 말을 사용한다. 그러니 나도 눈에 띄지 않으려면 함경북도 사투리로 고쳐야 했다. 시할아버지부터 삼대가 살고 있는 대가족의 며느리가 되었으니 시부모님의 기대도 컸다. 낯선 상황에 반항도 해보 았으나 소용없다.

불법 신분보다 괴로운 것은 잊고 싶은 가난한 나라를 마주 보아야 하고, 수시로 찾아오는 두만강을 건너온 사 람들을 대할 때 나 자신은 아닌 듯 밥 해주고, 국경에서 벌 어지는 일들을 나는 아닌 듯 들어야 한다는 것이었다. 다 행히 밥을 주식으로 하고, 옥시국수와 김치가 있으니 입 맛 때문에 고생하지는 않았다.

시어머니 음식솜씨가 좋아 맛에 적응하기까지 오랜 시 간이 걸리지 않았다. 그럼에도 맛을 즐기지 못하고 먹지 못한 순간이 있다. 닭도 개도 옥수수를 밟고 다니는 곳으 로 이동했으나 환경이 바뀌었다고 가난한 과거가 잊힌 것 은 아니다. 옥수수 한 알이 없어 죽어간 사람들을 떠올리 는 것은 사람만이 가지고 있는 감정이니, 지금의 나를 보 면 그때가 훨씬 인간적이었던 것 같다.

조선족 사람들은 닭밥을 만들어 먹는다. 토종닭과 쌀을 넣어 고기도 먹고 밥도 먹는다. 고향에서도 토종닭 배에 약재를 넣어 단지곰을 만들어서 특별히 몸이 허한 사람에게 먹였다. 보통은 물을 많이 넣어 고기와 국물에 양념을 넣고 닭국으로 먹었다. 닭고기 끓인 물도 버리지 않고 국수 육수로 썼다. 참 알뜰하게도 먹었다.

시집에서 사람들이 닭밥을 만들려고 마당에 큰 솥을 걸었다. 솥에는 살진 토종닭 몇 마리가 들어갔다. 밥을 짓듯이 쌀을 씻어 넣고 그 위에 손질한 닭을 올려놓는다. 닭이 얼마나 큰지 커다란 가마에 가득 찼다. 대가족이 먹고 먹어도 바닥이 보이지 않는다. 저렇게나 많이 남았는데, 아무렇지 않게 평안하게 잠드는 사람들, 강 저편 사람들에게 주고 올까. 두만강 건너 불과 몇십 미터밖에 안 되는 거리, 나는 잠들지 못하고 달빛이 훤한 마당가에 오랜 시간을 그렇게 서 있었다. 참으로 무엇이라 표현할 수 없이 처연했다. 달이 밝았던 그날, 밤이 새도록 잠들지 못하고 닭밥이 들어 있는 가마 주위를 서성거렸다. 잊히지 않는 기억이다.

시집에서는 며느리를 맞은 것이 큰 자랑거리여서, 시어머니와 형제들이 찰떡을 만든다고 부산스러웠다. 하얀 찹쌀을 불려 가마에 찌기 시작했다. 김 오르는 찰밥을 이리 저리 뭉개다가 메로 꽝, 꽝 내리쳤다. 쌀알이 풀어지고 어 느새 찰진 떡이 되었다. 꽃무늬가 그려진 법랑그릇에 떡 을 담아놓았다. 시간이 지나 열기가 빠지니 찰떡은 더욱 쫀득해졌다. 귀퉁이를 베어서 꿀에 찍었다. 무슨 설명이 더 필요하랴.

아득한 시절, 고향에서는 명절이라고 메로 쳐서 찰떡을 만들었다. 다음에는 쇠로 만든 절구에 떡을 찧었다. 가끔 농촌에 가면 잔칫집에서 찰떡을 메로 치는 것을 볼 수 있 었다. 배급쌀과 달리 금방 찧은 쌀은 윤기가 흐르고 찰기 가 가득했다. 농촌에 시집간 언니 덕분에 맛있는 찰떡 맛 을 보았다.

얼떨결에 한 결혼이라도 조선족 동네에 시집가서 참으 로 다행스럽다. 말이 통하니 의사표현을 할 수 있어 좋았 다. 언어도 음식도 통하지 않은 곳에서 살아온 사람들은 어떻게 견디고 살았을까. 음식에 밴 향수란 잊기 힘들다. 긴 세월을 어떻게 살았냐고 물으면 태연하게 괜찮다고 담 담히 말한다. 그러면서도 고향음식이라면 귀신같이 기억하고 있다.

메로 치는 찰떡 덕분에 정情이 붙었다. 찰떡만은 아니라도 익숙한 맛이 그곳에 머물게 했다. 그리고 '살아야겠다'고 생각했다. 1998년 탈북해 얼마 지나지 않아서였다. 모두 북으로 돌아가려 했다. 오래지 않아 북조선에서 선거가 있기 때문이었다. 평소에는 점검하지 않다가 선거 때는 철저하게 인구조사를 하니, 만약 이 시기를 놓치면 다시는 돌아갈 수 없게 된다. 그래서 아버지도 급하게 돌아갔다. 익숙한 음식, 통하는 언어, 쫓기는 생활이 불안해도 백배는 나은 삶의 질, 그리고 내게는 탈북한 다음 해에 낳은 아들이 있다. 만약 북송되었더라도 몇 번이고 다시 두만강을 건넜을 것이다.

"배부르면 집 생각 없다(吃饱了不想家)"라는 중국말이 있다. 구질구질한 가난은 잊어라. 배부르고 등 따시면 어딜 가든 고향이다.

가을이면 배나무에는 가지가 휘어지도록 배가 열렸다. 지나가는 사람에게 주고 주어도 남아서 그대로 방치하면 배는 동북의 추위에 까맣게 얼어있다. 겨울에는 장작불

올린 구들장에서 반들반들 윤기가 나는 언배[冬梨]를 먹는다. 뱃속을 시원하게 하는 언배를 먹으며 고향을 향한 나의 마음을 덜어내었다. 불법이 아니라면 아들을 키우며 그곳에서 언제까지든 머물고 싶었다.

찰떡 만들기

재료
찹쌀, 꿀, 콩가루, 소금

만드는 방법

1. 찹쌀을 깨끗이 씻어 불려놓는다.

2. 콩을 닦아 소금을 조금 넣고 가루를 내어 떡고물을 만든다.

3. 물에 불려놓은 찹쌀을 찜가마에 넣고 소금물을 뿌린다.

4. 쪄낸 찹쌀은 식기 전에 떡메로 찰기가 있게 친다.

5. 식혀서 떡 고물 또는 꿀에 묻혀 그릇에 담는다.

"잘못 집으면 후치령을 넘어간다."

언감자송편이 그렇다. 떡이 매끄러워 젓가락으로 잘못 집으면 산도 넘는다는 뜻이다. 후치령[*]이 1,335미터이면 랑림산^{**}은 2,184미터이니 얼마나 높은가.

포슬포슬한 감자는 고산지대 장진 감자가 최고다. 언감 자송편은 함경도에서 많이 만들어 먹는 떡이다. 함경도는 한반도에서 가장 추운 산간벽지라 할 수 있다. 겨우내 얼 어있던 감자는 봄이 되어 녹는다. 얼고 녹기를 반복한 이 감자로 만든 떡이 바로 언감자떡, 언감자송편이다.

감자는 한반도에서도 주로 평안도, 함경도, 강원도 일 대에서 재배되었다. 함경도 랑림산맥 장진감자는 크기부 터 다르니, 감자음식을 잘 먹으면 '감자바우'라 하고 못생 기면 '장진감자 같다' 한다. 여기서 나오는 감자 전분이 함 흥냉면 재료가 된다.

---

*   후치령은 량강도 풍산군과 함경남도 북청군 경계에 있다.
**   랑림산은 함경남도 장진군과 자강도 경계에 있는 산으로, '늑 대가 많은 곳'이라는 뜻에서 '랑림'이라는 지명이 유래한다.

1990년대 초에 백도라지를 채취하러 함경남도 장진군에 갔다. 지금은 철길이 놓여 기차로 아스라이 높은 산을 오른다지만, 당시는 위에서 와이퍼로 끌어당기는 '인끄라'라는 권양기捲揚機를 타고 올라갔다. 갑자기 장진군으로 많은 사람이 모여드니, 유일한 이동수단인 권양기 밧줄이 끊어져 사고가 났다. 사람들이 얼마나 다쳤는지, 죽었는지 신문 어디에도 나오지 않는다. 사고 현장을 지나면서 내가 아님에 안도의 숨을 내쉬었다.

산과 산을 줄 하나에 의지해 넘어가는 아찔한 경험도 했다. 산 정상에 올라서면 맑고 깨끗한 공기, 사람의 손길한 번 닿지 않은 것 같은 울창한 나무숲, 나와 하늘은 잡힐 듯 가까이 있고 실비단 같은 안개 속에 크고 작은 산봉우리들이 그림처럼 펼쳐져 있다.

백도라지는 간 곳 없고 아득히 펼쳐진 밭에는 양귀비라는 식물이 가득했다. 양귀비는 주먹만 한 열매를 가지고 있는데, 거기에 금을 그어 진을 채취한다. 양귀비 진을 얻겠다고* 함경도에서 모집된 수많은 인파로 조용한 장진군이 한참은 북적이었다. 지루하고 재미없는 작업이 반복되어 얼른 집으로 돌아가기만을 기다렸다.

감자는 장진감자라더니 감자가 많기도 많다. 크기만도 수동구 감자와 비교할 수 없다. 이것을 갈고, 지지고, 비틀어 짜고, 얼려서 먹으니 감자요리만 천 가지가 넘는다. 감자로 음식을 하려면 인내가 필요하다. 기다림은 필수다. 감자떡은 감자를 삶아서 절구에 찧어야 하고, 언감자송편은 감자가 얼고 녹기를 반복해 가루를 내어야 하므로 먹기까지 보통의 시간과 정성이 드는 것이 아니다.

만들어놓으면 감자음식 만큼 맛있는 게 어디 있으랴. 언감자송편은 까만색이라도 쫄깃함은 이라도 뽑을 기세다. 떡의 겉면이 반들거려 개미가 굴러떨어질 것 같다. 장진에서는 언감자송편에 콩을 넣는다. 이렇게 만든 음식은 식기 전에 먹어야 쫄깃한 맛을 느낄 수 있다.

---

*   주민들에게 그 이유를 공개하지는 않으나, 외화벌이 수단인 것으로 알려져 있다.

량강도, 곧 양강도는 두만강과 압록강을 경계로 국경을 맞대고 있다 하여 량강도이다. 장사하러 도 소재지인 혜산에 갔다. 부채마[*]를 가져가면 밀가루와 교환할 수 있었다.

시 한 편^{**}을 통해 부채마에 담긴 추억을 담아보았다.

투박한 엄마 손 같은 부채마 뿌리
얼기설기 잘도 뻗어가
굵고 긴 줄기 기름지게 영글어 가도
아무도 찾는 사람이 없었더라

한 줌의 식량을 얻을 수 있게 되자
수많은 사람들
산이 벌집 되도록 뿌리를 들어내고
이고 지고 기차타고 멀리 신의주까지
밀가루로 교환해
어려운 시기를 넘겼다

---

*   부채마는 마과의 여러해살이 식물이다. 약재로 사용되어 1990
        년대 국경 접경지대인 신의주, 남양, 혜산 등에서 밀가루와 교
        환되었다. 한국, 일본, 중국 등지에 분포한다.
**   위영금, 『두만강 시간』, 등대지기, 2020

부채마
그 연약한 허리 부여잡고
땅 밑에 뿌리로 산을 지키고 있음을
알 길 없으니

자연과 인간이
궁핍으로 몸부림치고
쏟아지는 장맛비는
뿌리 없는 공간에 그대로 내리부어
그 큰 산이
휘청거리며 인가를 덮쳤다

1996년
홍수와 산사태가 빈번하더니
고향의 산은 벌거숭이가 되었다.

_위영금, 「부채마 뿌리」

부채마 뿌리를 수확하는 시기는 잎이 떨어진 가을부터
봄까지다. 온 산을 샅샅이 뒤져 캐낸 부채마를 햇볕에 말
리거나 급할 때에는 연탄불에 말려 거미 같이 커다란 배

낭을 지고 국경으로 떠났다. 장삿속을 잘 모르고 있던 때에도 국경과 맞닿아 있는 혜산시는 장마당이 자리를 잡은 지 오래된 곳이었다. 꽤 큰 규모의 장마당에는 사람이 몰려들어 혼잡했다. 불법과 합법이 뒤섞여 으슥한 골목에서 단속품을 팔기도 하고, 차림새를 보고는 지나가는 척 툭 치며 "뭐가 있는가?"를 묻는다.

녹말가루는 그저 하얀 줄로만 알았지, 녹말가루 종류가 그렇게 많은지 혜산에서 알았다. 시장 매대에 농마(녹말)가 쭉 늘어서 있고 색깔에 따라 가격도 다르다. 흰 녹말일수록 가격이 높고 어두운 색이면 가격이 낮다. 수동구에서 볼 수 없는 언감자떡에 농마국수며 감자로 만든 음식부터 중국음식까지 없는 것이 없다. 혜산은 신의주와 마찬가지로 일찍이 장사에 눈을 뜨면서 내지인 수동구보다 훨씬 나은 생활을 하고 있었다. 신의주에서는 부채마를 밀가루와 교환하고, 혜산에서는 부채마를 팔아 농마가루를 한 짐 지고 돌아왔다.

언감자송편은 식기 전에 먹어야 한다. 양배추속을 넣은

송편과 비슷하지만 반죽이 조금 다르다. 지금은 뜨거운 물에 반죽해 언감자송편을 바로 만들지만, 감자가 많은 고장에서는 먼저 반죽을 가마에 슬쩍 쪄내 다시 반죽해서 송편 모양으로 빚어 시루에 쪄낸다. 이렇게 만든 언 감자 떡은 '잘못 집으면 후치령을 넘어간다'는 언감자송편이 된다. 시간이 지나면 굳어지기 때문에 식기 전에 먹어야 제맛이다.

언감자송편 만들기

재료
언감자, 배추, 돼지고기, 기름, 파, 마늘, 후춧가루

만드는 방법
1. 언감자를 썰어 찬물을 붓고 쓴 물을 뺀다.

2. 물기를 뺀 언감자를 말려 가루를 낸다.

3. 언감자가루를 큼직하게 빚어 가마에 넣고 슬쩍 쪈 다음 다시 치대 반죽을 만든다.

3. 배추는 작게 썰어 소금에 절여 물기를 없애고 돼지고기와 슬쩍 볶아 소를 만든다.

4. 반달모양으로 빚어 가마에 쪄낸다.

고향에는 소나무가 많다. 적갈색 소나무는 웅장하고 수려하다. 소나무밭에 들어서면 솔향의 싱그러움이 폐부 깊숙히 들어와 만 가지 시름을 덜어낸다. 소나무와 잣나무를 자신 있게 가려볼 수 있다면 소나무 많은 고향에서 살았다 하겠다.

궁지에 몰린 사람들이 '숨 쉬는 행위'를 하기 위해 얼마나 악착같이 산을 벗겨 먹었는지 모른다. 산 사람은 어떻게 해서라도 살고자 발버둥을 친다. 사람만 피해를 본 것이 아니라 수려한 소나무도 화를 당했다.

힘없는 사람들이 멀리는 가지 못하고 집 근처 소나무 껍질부터 벗기기 시작했다. 손이 닿을 수 있는 나무 밑에서 얼마의 길이를 동그랗게 금을 긋고 두터운 껍질을 떼어내어 속에 있는 껍질을 사정없이 벗긴다. 벗긴 자리에는 눈물 같은 액체가 방울방울 흐른다.

사람이 죽어나가는데 그깟 소나무가 대수이랴. 벗긴 송

기松肌[*]를 밤새도록 삶고 두드린다. 부드럽게 만들어 장마당에 팔고 강냉이나 밀가루를 사서 떡을 만든다. 향이 진한 송기는 떡가루를 많이 넣어야 하나 식량이 귀하니 질긴 송기만 가득 넣는다.

껍질만 가득 넣어 만든 송기떡은 최후에 먹는 음식이다. 건강식으로 먹으려면 송기는 조금만 넣는 것이 좋다. 몸에 좋은 것이라고 욕심을 부려 송기만 가득 넣으면 욕심만큼 몸의 어느 부위는 찢어지게 아프다. 떡가루를 많이 넣는 날은 식량이 넉넉한 때이고, 사정이 어려워 배고픔을 면하려면 엄마의 눈속임으로 떡가루가 적게 들어갔다.

목구멍이 포도청이라는 말도 사치다. 체면도 도덕도 인격도 배가 불러야 하는 소리다. 내일은 불법으로 잡혀가더라도 오늘은 먹어야 살 수 있는 최후의 식사를 한다. 다음 날 도저히 소화 불가한 송기가 위와 대장을 거쳐 통째로 밀려 내려와 항문에 걸린다. 아이의 다급한 소리에 어미는 꼬챙이를 들고 뛰어온다. 우비고 우벼내고 아이도

---

*   소나무의 속껍질

울고 어미도 울었다.

소나무 껍질 벗긴 자리에서 흘러내리는 송진까지 받았다. 어떤 사람은 송진이 흘러내려 덩어리가 된 것을 찾으려 온 산을 뒤졌다. 소나무 개화 시기면 꽃가루도 돈이 된다고 솔가루를 털었다. 그것을 팔기 위해 국경으로 간다. 한 끼 식량도 해결하기 어려웠던 사람들이 힘들여 가져온 물건은 헐값에 흥정되어 밤중에 국경을 넘는다.

푸르게 그 자리에 있으니 언제나 그렇게 있을 줄 알았다. 소나무가 식량이 되리라고 누구인들 생각했으랴. 건강해지려고 송기를 먹은 것도 아니고, 식량이 부족해지면서 사람들이 악착같이 소나무를 벗겨먹었다. 가까운 산에 있는 소나무란 소나무는 모두 벗겨먹었다.

겨울 산 소나무는 발가벗기어 눈 속에 방치되었다. 죄다 벗겨먹어 산이 허옇게 보였다. 죽은 소나무 사이로 콩도 심고, 옥수수도 심었다. 얼마 지나지 않아 무덤도 늘어났다. 무덤은 산 중턱에서 마을까지 점점 내려오더니 사람 사는 동네와 가까워졌다.

소나무 껍질을 벗긴다고 해도 송기떡 만드는 과정은 간단하지 않다. 길게 쫙쫙 벗겨낸 껍질은 부드러워질 때까지 삶는다. 삶고 나서도 더 부드러워지라고 방망이로 두드린다. 껍질은 벗기기도 어렵고 만들어 먹기까지 공정이 번잡하기 때문에 힘이 센 남자가 있는 집에서나 송기를 벗겨 팔 수 있다.

송기를 조금만 넣어 맛으로 먹는 송기떡은 향기로우며 찰떡만큼 쫄깃하다. 소나무 향이 배어 그윽하다. 찰떡처럼 베어 먹는 적갈색의 송기떡은 건강한 사람 얼굴처럼 불깃하고 향은 싱그럽다. 엄마 손이 넉넉할 때는 송기를 조금 넣어 멋스러운 송기떡을 만든다. 솔향이 밴 송기떡을 먹으면서 언제 변할지 모르는 엄마 손에 마음을 졸였다.

송기떡은 떡가루 재료에 송기를 넣고 고루 섞이도록 절구에 찧어 만든다. 공정이 번거로우면 방앗간에서 떡으로 뽑아 절편을 만든다. 떡살을 박아 모양을 만들어 송기떡을 만든다. 불깃한 송기떡은 향까지 있어 맛으로 먹는다면 고급스러운 음식이다.

고향에는 소나무가 많다
겨울에도 사시사철 푸름을 잃지 않고 의연한 자태
가슴 그득히 채우는 솔향기로
자연을 알았다

명절이면 가마에 솔잎을 깔아
송편 만들고 버섯 따서 된장국 끓이고
송진으로 약재 만들고 세계에서 유명한 로송은
고향의 명물이다.

어이 알았으리
그 단단한 껍질이 식량이 될 줄을
수려함과 우아함을 자랑하던 소나무
온 산이 하얗게 속살을 드러내고
방울방울 눈물 흘리는데
두드리고 삶고 가루 섞어 만든 음식
먹는 사람도 울었다

온갖 산새와 들짐승들로 신비했던 소나무 숲
탐스러운 버섯 송이 볼 수 없고
죽어가는 소나무 사이로 흙을 뒤집어 심은 옥수수와

늘어나는 무덤들

사람도

자연도

떠났다

함께 힘들고 아팠기에 잃어간 그 모습

고향에 소나무

네가 그리워 나도 울고 있다

_위영금, 「고향 소나무」[*]

송기떡 만들기

재료
쌀가루, 가공된 송기,
소금, 기름

만드는 방법

1. 쌀가루나 밀가루에 송기를 넣어 익힌다.

2. 쪄낸 반죽을 절구에 찧어 송기가 고루 섞이도록
한다.

3. 찧어낸 다음 모양을 만들어 떡살을 박는다.

4. 기름을 발라 그릇에 담는다.

*   위영금, 『두만강 시간』, 등대지기, 2020

4

고향의 맛과 이야기를 담다

입덧을 사라지게 만든 세치네 탕

해질녘, 된장 넣은 통발을 논이나 강가에 놓고 아침에
나가 보면 작은 물고기들이 오글거린다. 이것들을 '새치
네'라고 하든지, '세치네'*라고 하든지 세 치밖에 안 되어
도 팔딱이는 힘이 하도 세차서 복날 더위를 가셔줄 여름

---

*   '소천어'라고도 한다. 작은 민물고기라는 의미로, 미꾸라지처
럼 미끌거리고 크기는 까나리만 한데 기름이 많다. 소천어로
끓인 '소천어장'은 함경도의 명물로 여름철 보양식이다.

보양식으로 제격이다. 7월쯤이면 적기라 세치네를 소금에 박박 문질러 씻어 호박이나 풋고추, 깻잎을 넣으면 세치 혀에 입맛이 살아난다. 세치네를 모르는 곳도 있고, 이것저것 섞어서 끓인 것을 세치네 탕이라고도 하니 맛대로 멋대로 지역에 따라 차이가 있으나 삼복에 이것을 먹었다.

북쪽에서 먹었던 세치네 탕은 양념이 적게 들어가고 된장에 애호박과 풋고추가 들어가 국물이 담백하다. 세치네가 많이 들어가고 헐렁한 국보다는 탕에 가깝다. 더위에 보약이라 여럿이 그늘에 모여앉아 소주를 한잔하기도 하고 세치네 탕을 만드느라 수고한 언니와 시어머니와 아이들, 모두 한 그릇씩 땀 흘리며 먹는다. 조선족이 만드는 세치네 탕에는 양념이 많이 들어간다. 좋은 물에서만 자라는 세치네를 강에서 잡아 내장을 제거하고 계절에 따른 채소를 넣고 끓인다. 세치네 탕에 들어가는 재료만 다를 뿐 세치네가 보양식이라는 생각은 같다.

함경남도 고원군 수동구에서는 세치네를 모르고 살았다. 세치네라는 이름조차 없다. 세치네를 나만 몰랐던 것일까. 아무튼 언니가 함흥 주변에 있는 농촌에 시집을 가는 바람에 찾아간 적이 있다. 이때 처음 세치네를 알게 되었다. 형부가 날도 더운데 세치네 탕을 해 먹어야겠다고 그러기에 통발 놓는 곳으로 따라갔다. 처음으로 세치네를 보고, 듣고, 맛본 것이 시집간 언니네 집에서 먹은 것이었다. 함흥의 한 농촌에서 삼복더위 김매기를 끝내고 농부는 세치네 탕을 먹었다.

세 치밖에 안 되니 배를 가를 것도 없고, 물에 담가 몇 시간 이물질을 토하게 한다. 세치네는 생명력이 강해 소금을 넣고 그릇의 뚜껑을 덮으면 세차게 뛰어올라 팔딱였다. 소리가 흡사 굵은 빗방울이 땅바닥에 떨어지는 것같이 요란하다. 힘이 강해 뚜껑을 박차고 마당으로 튀어나오는 것들도 있었다. 애호박에 풋고추를 넣고 깻잎에 파도 듬뿍 넣고 끓인 세치네 탕은 더위를 그대로 삼킨 듯 뜨거운 국물인데도 시원하고 구수하다.

입덧할 때 세치네 탕으로 입맛을 회복했다. 두만강 건너 남의 나라 땅, 숨소리도 죄스러운데 덜컥 임신을 했다. 한 달 정도 지나니 임신 증상이 나타나 주방이 따로 없는 함경도식 통방에 감출 곳 없는 음식냄새로 한 달 넘게 밥알도 넘기지 못했다. 어미가 될 자신도 숨어사는 것이 불안한데, 뱃속의 태아는 열 달 동안 살아갈 집을 만드느라 모태를 흔들었다. 헛구역질에 구토에, 삼대가 살고 있는 대가족에 출산 경험이 있는 사람이라고는 시어머니밖에 없었다. 안쓰러워하는 식구들의 걱정스런 눈길이 미안하기만 하다. 그렇다고 누가 도와줄 수 없다. 오롯이 어머니가 되기 위해, 아이는 태어나기 위해 모지름*을 쓰는 과정이다. 먹은 게 없으니 힘없이 누워만 있을 뿐이다.

어느 날 남편과 시동생이 집 옆에 흐르는 도랑을 훑어 물고기를 잡아왔다. 잡아온 물고기가 어떻게 생겼는지 볼 생각조차 없었다. 그러다 계속 세치네, 세치네 하는 소리가 들렸다. 낯선 곳에서 듣는 세치네 소리가 반가워 알고 있는 세치네와 같은 것인가 보려고 했더니 어느새 가마 안에 들어가버렸다. 끓는 가마 안에 있는 물고기를 보니, 몸뚱이가 망가지지 않는 세치네가 비슷하지 않다. 고향에

---

*   괴로움을 견디거나 무엇을 이루려고 안타깝게 몸을 뒤틀고 애
      쓰는 것을 의미하는 북한말

서 순박한 형부가 세치네 탕 그릇을 비우며 흡족하게 웃던 모습이 떠올랐다.

세치네, 작아도 힘이 세서 소금을 쳐 놓아도 죽을 때까지 팔딱 팔딱 튀어 올라 아프거나 힘없을 때 먹고 기운을 차린다는 그놈을 먹어볼 생각이 든다. 슬그머니 아랫목에 있는 탕 그릇에 숟가락을 얹었다. 첫 숟가락은 거부하더니 둘째 숟가락이 넘어가고, 셋째 숟가락에 어느새 맛만 보려 했던 국물을 모두 먹어버렸다. 입덧은 씻은 듯이 나았고 이후로는 밥을 잘 먹었다. 아기와 만나기까지 입덧이라는 피할 수 없는 과정에 세치네라는 언어가 나를 부른 듯하다.

세치네 탕 만들기

재료
세치네(민물고기로 대체 가능), 애호박, 풋고추, 대파, 된장, 마늘, 쑥갓, 깻잎

만드는 방법
1. 세치네를 물에 몇 시간 담가 이물질을 토하게 하고, 소금을 넣어 깨끗이 씻는다.

2. 재료들을 먹기 좋게 썰어놓는다.

3. 된장을 넣은 국물에 세치네를 넣고 끓인다.

4. 세치네가 끓기 시작하면, 재료를 넣는다.

5. 마지막에 쑥갓을 올린다.

한때 정어리가 많이 잡혔다. 얼마나 많이 잡혔는지 미처 처리하지 못해 산더미 같은 정어리를 방치해 밭에 거름으로 뿌렸다. 정어리는 기름이 많아 조금만 시간이 지나도 변질되기 쉽다. 그래서 겨울 생선에는 미나리를 아니 넣어도 여름에는 반드시 해독을 위해 미나리를 넣어야 한다.

미나리는 늘 일상에 있었다. 번식력이 뛰어나고 식용과 약용으로도 쓰임새가 많다. 고산지대를 제외하고 습지나 음지에서 잘 자란다. 항암작용과 염증치료에 좋고 특히 간에 특효다. 미나리는 해독제로도 쓰인다. 생선을 잘못 먹어 부작용이 있을 때 미나리를 처방하기도 한다. 북한에서 미나리는 만병 처방약이다. 간암, 위암 환자들에게도 미나리를 먹으라 한다. 알약으로 만들어서 먹거나, 세 끼 미나리 음식을 먹으라고 권한다. 특히 간이 굳어졌을 때 미나리를 먹고 효과를 본 사람이 많았다. 남쪽에서도 미나리를 간 기능에 좋은 음식으로 본다.

동해에서 시골까지 생선이 들어오려면 시간도 걸리고 이동 중에 상할 수도 있다. 소금에 절였다 하더라도 생선 요리를 할 때에는 미나리를 넣어 해독한다. 특히 정어리 찜에는 미나리가 필수다. 정어리찜을 할 때에 미나리를 넣지 않으면 눈을 뜨지 못할 정도로 얼굴이 붓고 두드러기가 난다. 정어리는 기름이 많은 생선이라 상하기 쉬워 시골에 도착하기도 전에 부패될 수 있다. 특히 소금에 절여 꼿꼿한 상태가 아니고 형태가 허물어진 정어리를 먹을 때는 반드시 미나리를 넣어야 한다. 정어리는 연탄불에 구워먹기도 하고, 자박하게 물을 넣어 고추나 파, 마늘에 미나리 등을 넣어서 졸여 먹는다.

어느 날엔가 집으로 가던 밤길이었다. 비린내 풍기는 차가 지나더니 무엇이 쿵 하고 떨어졌다. 달빛에 보니 반쯤 냉동된 정어리와 꽁치가 길가를 메우고 있었다. 행운이란 이런 것인가? 생각지도 않은 장소에 생선을 쏟아놓고 가다니. 며칠은 미나리를 넣은 싱싱한 생선으로 우리 가족은 한동안 생선을 포식했다. 냉동시설이 없던 시절이라 시골에서 신선한 생선을 만나기는 쉽지 않은 일이었다.

미나리는 논에 가득하다. 일부러 씨를 뿌린 것도 아닌
데 벼 가을하듯 낫으로 베어낸다. 수렁에 미나리가 무성
하고 발밑으로 시커먼 가물치가 꿈틀거린다. 이놈을 잡아
보려 여기저기 뛰어다녀도 잡기 힘들다. 행여 잡으면 미
나리를 넣어 탕을 만들 생각에 신이 난다. 풋고추를 넣어
먹으면 한여름 보약이다. 논이나 밭이나 어디든 미나리
세상이다. 국가정책으로 미나리밭까지 조성했으니 미나
리가 지천으로 널려 있다.

한국에 온 지 얼마 안 되는 친구가 나에게 미나리를 왜
비싼 돈을 주고 사냐고 물었다. 그럼 어디에 싸고 좋은 게
있냐고 물었더니 밭에 가면 있지 않냐고 되묻는다. 어디
에 수렁이나 밭에 미나리가 낫으로 베어도 되는 곳이 있
냐 했더니 논으로 가면 많지 않냐고 말한다. 나는 그가 미
나리를 돈 주고 사냐고 궁금해하는 게 이상하지 않다. 북
한은 도시에 사는 사람보다 시골에 사는 사람이 많다. 그
러니 돈을 주고 미나리를 산다는 자체가 이해하기 어려울
수 있다. 나도 처음에 물을 사먹는 게 신기했으니 말이다.

정어리가 많이 나는 시기, 고향에서는 생선의 변질을
우려해 미나리를 넣었다. 지역마다 다르지만 함경북도와
황해도에서는 향신료를 많이 사용한다. 중부지역인 수동
구에서는 다른 지역처럼 향내가 나는 깻잎이나. 내기를
즐기지 않았다. 그래서 처음에는 두만강 너머 조선족들이
먹는 음식을 좋아하지 않았다. 향내가 거북하게 느껴졌기
때문이다. 그러다 맛을 들이니 아주 좋아하게 되었다.

해독작용을 하기에 미나리를 생선탕에 넣는다지만, 생
선탕에 미나리를 넣으면 멋과 향이 일품이다. 동태탕에
미나리가 들어가면 멋스럽다. 겨울에도 생선탕에 미나리
를 넣으니 보기에도 좋고 상큼한 향에 맛도 좋다. 사계절
미나리가 있어 생각대로 맛을 낼 수 있는 세상에 살고 있
다. 정어리에 미나리를 아니 넣었다가 온몸에 두드러기가
나서 고생한 생각을 하면 겨울 동태탕에 들어있는 미나리
가 반갑다. 생선 요리에 곁들이는 미나리는 맛과 향을 멋
스럽게 더해준다.

정어리 조림 만들기

재료

정어리, 미나리, 간장,
당분, 식초, 풋고추,
생강

만드는 방법

1. 정어리 내장을 꺼내 깨끗이 씻는다.

2. 간장에 당분을 조금 넣고 끓이다가 정어리를 넣
는다.

3. 절반 정도 익으면 풋고추와 생강, 미나리를 넣
는다.

4. 양념물이 줄어들 때까지 졸인다.

'풀과 고기를 바꾸라.'

국가 정책이 그러하니 집집이 토끼를 키웠다. 학교에도 토끼우리를 지어놓고 대량으로 키웠다. 그렇게 토끼를 많이 키우는 데에는 이유가 있다. 산이 많아 토끼가 먹을 만한 풀이 많았고, 토끼는 번식 속도가 빨라 한 번에 새끼를 열 마리 이상 낳는다. 고기만 얻기 위한 것은 아니고, 털을 얻고 배설물로 거름을 만들 수 있다.

학교에서 대량으로 기르는 토끼는 학급이 분담해서 먹이를 충당했다. 각 학급이 정해진 날에 토끼풀을 가져가야 한다. 생활과 밀접한 교육이라지만, 어린 나이에 몇십 리 길을 걸어 토끼풀을 해오는 일은 재미있지만은 않았다. 토끼풀을 뜯다가 이따금 뱀을 만나기도 하고, 가시에 찔리기도 했다.

토끼는 돼지나 닭처럼 곡식을 사료로 하지 않아도 되고, 풀만 부지런히 뜯어 넣어주면 된다. 장마철에는 젖은 풀보다는 마른풀을 주고, 토끼우리는 건조하게 해야 한다. 큰 귀가 늘어지면 아프거나 아플 징조다. 번식률이 높고 빨리 크는 만큼 관리에 소홀하면 얻은 만큼 잃을 수 있다.

학생들은 매년 토끼 가죽 몇 장을 의무적으로 학교에 가져가야 했다. 크고 좋은 것을 많이 제출한 학생에게 일종의 보상으로 답사권이 주어진다. 부모는 자식이 남보다 뒤질세라 기를 쓰고 토끼를 키운다. 장마당이 없을 때는 돈을 주고도 살 수 없어 직접 키우지 않고는 얻을 재간이 없다.

토끼고기로 국, 탕, 곰을 만들어 먹을 수 있다. 국과 탕은 국물을 주로 먹기 위해 만드는 음식이다. 국은 물을 많이 넣어 밥과 함께 먹는다. 탕은 남쪽과 마찬가지로 물을 자박하게 넣고 끓여 밥상 가운데 탕 그릇을 놓고 가족이 함께 먹는다. 단지곰은 작은 단지에 재료를 넣고 꼭 봉해 몇 시간을 찐다. 삼계탕처럼 뱃속에 찹쌀이나 약재료를 넣어 푹 고아낸다. '고다'는 말이 '곰'이 된 것으로, 보약처럼 먹었다. 곰을 만들기 위해서는 적당한 가마와 단지가 필요하다.

토끼는 풀만 먹으니 맛이 담백하다. 돼지고기보다는 덜

고소하지만 살코기가 많아 국이나 탕으로 먹기 좋다. 아버지는 단지곰*을 좋아했다. 아버지는 육고기를 좋아하셨기에 고기를 손질하고 요리하는 것은 아버지 몫이었다. 그렇다 하더라도 1990년대에는 풀마저 사라졌으니 토끼고기를 먹은 것도 그 이전의 일이다.

내가 중학교 1학년일 때, 아버지는 단백질을 보충할 고기와 가죽을 얻으려고 땅을 파고 토끼굴을 만들었다. 추운 겨울, 굴속에서 신기하게도 토끼들이 잘 자라는가 싶었다. 어느 정도 자라자 토끼는 어느새 땅속을 파고 빠져나와 눈밭을 이리저리 뛰어다니더니 결국 모두 탈출해버렸다. 아버지가 토끼에 관심을 가지고 키운 덕분에 학교에 토끼 가죽을 많이 제출해 칭찬받았으나, 아쉽게도 크기가 작다고 보상으로 주는 답사에 끼지 못했다.

토끼가 좋아하는 풀은 진이 나오는 민들레, 씀바귀, 토끼풀, 칡잎이다. 토끼는 칡잎을 잘 먹는다. 그걸 뜯느라 가까운 곳에서 멀리까지, 야산에서 높은 산까지 훑고 다녔다.

---

* 푹 고아낸다는 의미로 삼계탕과 비슷하다.

토끼풀이라는 식물에 얽힌 추억이 많다. 잎사귀 네 개가 붙어있으면 행운의 네 잎 클로버라 한다. 당시에는 토끼풀이 행운을 가져다주는지 몰랐어도, 무수히 피어난 작은 꽃으로 동심을 그렸다. 꽃송이 두 개를 연결해 손목시계를 만들고 둥글게 엮어 머리에 월계관처럼 올려놓기도 했다.

용인 갈천 강남마을은 칡 세상이다. 세상모르게 뻗어가 시퍼렇게 용쓰는 칡넝쿨을 보면서 토끼를 키우면 좋겠다고 생각했다. 이렇게나 칡이 많은데 아무도 탐내지 않는다. 아까운 마음 반, 잊고 싶은 기억 반이다. 하지만 살고 있는 곳에 칡이 많으니 잊을 수 없는 기억들이 함께한다.

토끼곰 만들기

재료
토끼, 찹쌀, 밤, 참깨, 소금

만드는 방법
1. 내장을 꺼내 고기를 깨끗이 씻어 핏물을 뺀다.

2. 토끼 뱃속에 찹쌀, 간, 염통, 콩팥, 밤을 넣고 다리를 묶어 찜기에 넣는다.

3. 4시간 이상 살코기가 무를 때까지 익힌다.

4. 깨소금을 곁들여 먹는다.

겨울에는 시래기된장국, 여름에는 오이냉국

국이 없으면 무슨 맛으로 밥을 먹으랴. 밥에는 반드시 국이 함께해야 하니, 그중에도 구수한 된장국이 좋다. 된장, 간장 외에 특별한 조미료가 없던 시기, 된장은 어디에나 들어가는 '약국에 감초'같은 것*이다. 구수한 된장국 냄새는 날이 저물도록 뛰노는 아이를 집으로 불러들이며, 우리의 마음을 평온하게 한다.

시래기**는 김치 위에 덮어두는 우거지 정도로 생각했다. 밭에 지저분하게 널려있는 시래기는 겨울 산짐승의 먹이가 되었다. 눈이 가득 쌓인 밭으로 노루나 멧돼지들이 뚜지고***다녔다. 겨울을 지낸 시래기는 여름이면 썩혀 거름을 만들었다. 먹거리가 귀해지면서 시래기도 귀했다. 가을배추를 수확하기 시작하면서 시래기를 얻으려고 밭머리를 어슬렁거렸다.

---

*   '약방에 감초'의 북한말
**   북쪽에서는 시래기를 '시라지'라고 한다.
***   파서 뒤집다.

배추는 비료를 먹어야 통통하게 알이 차오른다. 비료가 적으면 배춧잎이 가운데로 오므라들지 못하고 봄동 배추처럼 '스커트 배추'가 된다. 농촌에는 먹을 만하게 통이 잘 앉은 배추가 많아도 대량으로 공급하는 배추는 스커트 배추가 많다. 무는 언덕진 산에 고랑을 만들고 심는다. 산에 뿌려놓은 무를 수확할 때는 등짐으로 나르기에 허리가 꼬부라진다. 무를 떼고 무청을 햇볕에 말려 시래깃국을 끓인다.

추운 겨울, 시래기된장국은 꽁꽁 얼었던 몸을 녹여준다. 시래기를 나긋해지도록 푹 삶아 된장국을 끓인다. 보글보글 끓는 시래기된장국 생각에 퇴근하는 발걸음도 빨라진다. 돼지고기 같은 고급 재료를 넣으면 더욱 좋겠지만, 된장만 넣어도 거친 잡곡밥이 훌훌 넘어간다.

거들떠도 보지 않았던 시래기를 밥상에 올리기 시작한 것은 고난의 행군 이후이다. 시래기된장국에 강냉이 가루나 밀가루를 반죽해 뜯어 넣으면 뜨더국이 되고, 반죽한 재료를 칼로 썰어 넣으면 칼국수가 된다. 밥을 지을 때 시래기를 넣고 기름을 조금 넣으면 시래기 나물밥이 된다.

시래기된장국은 겨울에도 좋지만 여름에도 먹는다. 비와 바람을 맞은 여름 시래기는 질기고 꽛꽛하다. 부들해지도록 아주 푹 삶아 오랜 시간 불려두었다가 음식 재료로 써야 한다. 급하다고 공정을 무시하면 얼굴이 부어오르는 부작용*이 있다. 시래깃국 한 그릇이 없어 아쉽게 떠난 사람도 있으니, 그것만이라도 행복하게 먹었다.

여름에 더위를 이기는 데에는 오이만 한 것이 없다. 이것을 먹고 삼복더위를 견뎠다. 삼복이면 빼놓을 수 없는 것이 오이냉국이다. 폭우가 지나가도 오이는 매달려 있다. 무더위가 시작되면 제일 큰 것을 골라 사카린(뉴슈가)에 식초를 적절히 넣어 간장으로 색상을 조절하고 오이를 가늘게 썰어 넣는다. 몹시 더운 날 오이냉국만 마셔도 더위를 이긴다. 때로는 된장을 풀어서 만든다.

로마 사람들은 오이가 강인한 힘을 준다고 믿었다고 한다. 그래서 병사들에게도 절인 오이(오이 피클)를 제공했다. 우리 조상들도 오이가 체력을 보강해주는 강장제라고 여

---

*   연한 풀이 아닌 경우, 물에 푹 담궈 독소를 빼고 먹어야 한다.

겼다 한다. 그런 것은 몰랐어도 에어컨도 없는 곳에서 오이냉국을 먹고 삼복더위를 견디었다.

　아버지가 작은 텃밭을 만들고 오이를 심었다. 여기저기 꼬챙이를 세우고 줄기를 잡아주고 물을 주었다. 오이가 손톱만 하더니 어느덧 한 뼘으로 컸다. 아버지는 오이가 자라는 게 신기한 모양이었다. 출근하면서 보고, 퇴근해서 보고, 오이만 들여다보며 즐거워했다.

　어느 날, 비바람이 세차게 오더니 세워놓은 받침대가 쓰러지고 잎과 오이 줄기에 흙탕물이 튀어 볼썽사나워졌다.

　하룻밤 사이에 벌어진 사태를 수습하느라 아버지는 며칠을 고생했다. 쓰러진 받침대를 세우고 엉그러진 오이 줄기를 묶어주었다. 그러고도 마음이 놓이지 않아 수돗물을 받아다 잎사귀에 묻은 흙탕물을 씻었다. 쨍하고 해가 나온 날에도 멈추지 않고 '과잉 돌봄'을 하더니, 결국 커다란 오이 몇 개를 남기고 고사하고 말았다.

　아버지는 살고자 머물고자 생소한 일에도 애착을 가졌

다. 오이에게만 그런 것이 아니다. 가정을 살리고 아이들에게 훌륭한 아버지가 되려고 국가에 충실한 척, 충실히 살았던 나날이 어리석지 않게 기억된다.

오이냉국 만들기

재료

오이, 간장, 식초, 설탕, 파, 마늘, 참깨

만드는 방법

1. 오이를 깨끗이 씻어 가늘게 채친다.

2. 다진 오이에 마늘과 파, 설탕을 넣어 버무려 10분 정도 재운다.

3. 양념된 오이에 식초 간장, 또는 고기 육수를 만들어 붓는다.

4. 참깨를 뿌려 그릇에 담는다.

아무리 가난할지라도 명절은 명절이다. 명절에는 아낌없이 소비하려 한다. 새해에는 새 옷을 입고, 오곡밥 먹는 날에는 오곡밥을, 팥죽 먹는 날에는 팥죽을 먹고자 한다. 명절마다 그 의미를 찾아 색다른 음식을 먹으려 한다.

설날에 떡국을 먹었다고? 아스라이 가버린 기억을 더듬는다. 설에 떡국이라는 게 있기는 있었다. 가래떡 같은 것을 지금의 떡국 같은 모양으로 썰어 베란다에 두고 얼렸다가 설날에 먹었다. 얼핏 떡국을 건져 올려 먹은 기억이 흐릿하게 지나간다.

명절에는 만두를 빚는다. 물론 부모님이 두만강 너머에서 드셨던 추억의 만두라는 의미도 있지만, 쌀이 귀한 곳에서 떡국을 반드시 먹었던 것은 아닌 듯하다. 그래도 떡국을 먹으면 나이 한 살 먹은 거라고 했다. 만둣국에 떡을 넣든, 떡국에 만두를 넣든 한 그릇에 한 살 먹는다.

북쪽에서는 식량 배급으로 밀쌀을 주었다. 통밀은 망

돌[*]에 슬쩍 돌려 으깨어 굵은 것은 밥으로, 가루는 밥 위에 얹어 가루밥을 해먹었다. 만두를 만들려면 방앗간에서 갈아온다. 껍질을 벗기지 않은 밀가루이기에 눈처럼 하얀 색은 기대할 수 없다. 색깔도 어둡고 점성도 약하다.

하얀 밀가루를 먹게 된 시기는 1990년대 이후이다. 고난의 행군 시기, 국경으로 몰려가 중국 밀가루를 가져왔다. 눈처럼 하얀 밀가루는 강 저편에 있는 모든 것을 동경하게 만들었다. 강냉이보다 영양가는 없을지라도, 새하얀 자태를 뽐내며 명절이면 색다른 음식을 만드는 귀한 재료가 되었다.

고향에서 만두를 빚을 때에는 식구가 모두 모였다. 김치를 넣고, 고기를 넣어 빚었다. 부모님이 만두를 좋아하시니 밀가루가 생길 때면 만두를 빚었다. 명절이면 당연히 만두를 빚는 것으로 알고 있다. 겨울에는 김치에 고기를 다져서 넣고, 여름에는 채소를 넣는다.

특별한 음식을 할 때는 엄마보다 아버지가 더욱 즐거워했다. 만두를 빚으면서 두만강 너머 연변에서 먹었던 음

---

*   '맷돌'과 같은 의미

식 이야기를 했다. 그리움이 묻어나는 추억을 펼쳐놓으면 나는 부모님이 살았다는 곳을 상상해보곤 했다.

두만강 너머, 연변에는 먹거리가 풍부하다. 그런데 아버지의 선택으로 두만강을 건너 다시 북조선으로 가게 되었다. 이제는 살았던 곳으로 갈 수 없고 잘나가던 시절은 옛이야기가 되었다. 어머니는 아버지를 원망했다. 도망치듯 떠나면서 친정식구에게 인사도 못하고 떠났다. 그것이 마음에 맺힌 채 수십 년 세월이 흘렀다. 그동안 마음은 재가 되었다. 아버지는 다시 두만강을 건너 원래 살던 곳으로 가려 했으나, 가족들이 걸려 주저앉고 말았다. 어머니는 이십 년이 훌쩍 지나 합법적인 여권을 가지고 두만강을 건너 그렇게도 그리워하던 연변에 갔다. 그러나 그곳은 이미 낯선 광경만 가득할 뿐, 미안하다고 말하고 싶은 사람들은 이미 떠나고 없다. 1998년, 나는 아버지 손에 이끌려 두만강을 건넜다. 두만강을 건너 북쪽을 바라보니 이제는 내가 살았던 고향은 저쪽이 되었다.

조선족 사람들도 명절에 만두를 빚는다. 대가족이 모여

밤새도록 만두를 어마하게 많이 빚는다. 작은 만두를 죠즈[jiǎozi]*라고 하고, 귀가 삐져나온 모양의 만두를 훈툰[wonton]**이라 한다. 눈물만 떨어져도 얼어드는 소한, 대한의 추위에 만두는 밖에 내어놓기 바쁘게 냉동된다.

밤을 새는 것이 설이고 명절이다. 밤새 만두를 빚고 이야기를 나눈다. 세상의 크고 작은 소식이 만두를 빚으며 흘러나온다. 가족과 함께할 수 있는 밤, 고스톱을 치고 작은 돈을 주고받으며 즐거워한다. 아이는 눈을 비비면서 자지도 않고 어른과 같이 밤을 샌다. 나는 가끔 그 시간이 그립다.

떡국보다 만둣국이 먼저 떠오른 것은 명절이면 으레 먹었던 음식이기도 하지만, 만두를 빚으며 설을 함께 보냈던 사람들이 생각나기 때문이다. 지금은 설날에 떡국을 먹는다. 마치 늘 먹었던 것처럼 익숙하게 먹는다. 희미한 기억 속에서 떡국이 살아나고, 만두는 색 바랜 사진처럼

---

*   교자饺子
**   완탕[馄饨]

지워져간다. 만두를 빚기보다 사먹는 게 간편하니 만두 빚는 기억이 희미해지는지도 모른다.

특별하지 않아서 익숙한 떡국, 낯설지 않은 만두에 추억을 담는다.

김치만두 만들기

재료

밀가루, 돼지고기, 두부, 김치, 파, 마늘, 소금, 기름, 깨소금, 후춧가루,

만드는 방법

1. 돼지고기를 잘게 다져 파, 마늘, 간장, 기름, 후춧가루, 깨소금으로 양념해서 10분간 재운다.

2. 김치는 물기를 없애고 잘게 다진다.

3. 두부를 부수어 보에 싸서 물기를 찌운다.

4. 재료를 섞어 만두소를 만든다.

5. 밀가루를 반죽해서 얇게 밀어 만두피를 만든 다음, 준비한 소를 넣고 빚는다.

6. 만두를 쪄서 그릇에 담는다.

묵
·
지
짐

묵은 파동이고, 지짐은 리듬이다

두부로 먹고살았던 시간들

아주 먼 옛날에도 콩이 있었다. 사람들은 오래전부터 콩을 먹었다. 콩으로 된장을 만들고, 콩으로 두부를 앗아 먹었다. 서슬*이 없었다면 이 콩알만 한 것이 이다지도 사랑을 받을 수 있었으랴.

*   간수

논두렁에도 밭에도 산에도 들에도 콩을 심는다. 두부를 앗고[*], 된장을 만들고, 콩장을 만들려고 그렇게 많이 심는다. 강냉이에 비해 콩은 어디에 심어도 잘된다. 산불이 지나간 자리, 그 해에 심은 콩은 유독 많이 열린다. 사람들은 싯누런 대두라는 콩을 많이 심었다.

가을이면 '콩서리'를 많이 했다. 익어가는 콩대를 꺾어 쌓아서 불을 놓으면, 콩이 깍지 안에서 볶이다 껍데기를 열고 튀어나온다. 불길이 지나가면 타버린 재를 밀어내면서 익은 콩을 골라 먹곤 했다. 입에 검댕이를 묻혀가면서 정신없이 주워서 먹었다. 어쩌다 장난꾸러기 녀석이 오줌이라도 갈기면, 다음에 오는 사람은 찝찝한 콩을 먹게 될 것이다.

가을이면 수확한 콩단이 여기저기 널려 있다. 바싹 마른 콩이 적으면 손으로 비비고, 많으면 도리깨로 쳐서 콩알만 걷어낸다. 우수수 떨어진 콩은 장마당에 나가고, 곳간에도 들어간다. 가을에는 메뚜기가 콩단 사이를 뛰어넘으며 사람들을 방해한다. '메뚜기 콩단에 오른 것 같다'라

[*]   앗다. 두부나 묵 같은 것을 만든다는 뜻의 북한말

는 말이 있다. 이 말은 갑자기 출세해 우쭐해진 사람을 일컫는다. '콩마당에 서슬 치겠다'는 말은, 성격이 급한 사람이 두부 먹을 생각에 아직 불려놓지도 않은 콩마당에 서슬을 친다는 말이다.

콩은 대단한 역할을 한다. 콩을 팔거나 저장해 용도에 따라 음식을 만들 수 있다. 메주를 쒀 된장, 간장을 만든다. 지방 공장에서 된장과 간장을 공급하기도 한다. 공장에서 생산된 간장은 맛이 좋다. 콩과 마른 명태에 간장을 넣어 졸이면 짭조름하게 맛있는 반찬이 된다.

콩으로 만든 비지는 '맛있다'라는 말이 부족하다. 두부콩보다 조금 크고 파란색이 나는 콩을 갈아서, 김치나 시래기를 넣고 끓인다. 부드럽고 고소한 맛이 혀끝으로 감돌아 먹고 먹어도 질리지 않는다. 남쪽에 와서 좋은 고기로 찌개를 끓여봐도 이와 같은 맛을 낼 수는 없었다.

콩이 없었다면 어찌 살았을까. 일찍이 콩으로 두부를 만들어 누구는 돈을 벌었고, 누구는 그것으로 목숨을 이어갔다. 콩은 부식이면서 주식인 듯 밥을 대신했고, 콩이 있었기에 너도 살고, 나도 살았다. 척박한 땅에 심어도 잘 열렸기에, 모두가 많이 심어 가난한 밥상을 지켰다.

콩이 많았기에 두부가 많았다. 이윤이라고는 조금도 몰랐던 시기, 두부로 돈을 벌었던 사람들이 있었다. 두부를 만드는 일에는 잔손이 많이 든다. 번거로워도 돼지나 집짐승을 키우는 사람들은 두부에서 부산물을 얻을 수도 있기에 두부를 만들어 팔았다. 장마당이 생기기 전부터 두부는 있었고, 사람들은 두부로 돈을 벌었다.

돈을 밝히면 천한 것으로 여기던 때, 비난 같은 것은 한쪽 귀로 흘리며 사람들은 온갖 방법으로 돈을 벌었다. 그중 두부를 만들어 판 사람들도 있었다. 1990년대, 장사를 천시하더니 두부장수의 돈을 빌리지 않은 사람이 없다. 싼 게 비지떡이라, 두부를 짜고 남은 비지는 알뜰하게 비틀어 짜서 껍질만 남아 먹기도 힘들다. 짐승에게 주던 비지는 인기가 많아 예약을 하지 않으면 살 수도 없다.

콩은 단백질이 풍부해 고기를 대신했다. 콩으로 만든 음식은 늘 곁에 있었다. 콩은 가난한 밥상에 하나의 소망이었다. 각지고 모난 두부는 술안주의 기본이고, 보글보글 끓고 있는 장국에 두부 몇 개 넣으면 그 품격이 달라진다. 쌀과 콩을 갈아 넣은 비지밥은 든든한 한 끼 식사다. 두부는 추억이고 사랑이고 신이 내려준 최고의 선물이다.

비지밥 만들기

재료

콩, 김치, 기름, 소금, 돼지기름, 양념 재료

만드는 방법

1. 콩은 불려서 갈아놓는다.

2. 김치는 가늘게 썰어 볶는다.

3. 돼지기름에 볶은 김치에 갈아놓은 재료를 넣고 저어주며 천천히 끓인다.

4. 쌀을 넣고 밥을 짓는다.

5. 양념장을 만들어 밥과 함께 그릇에 담는다.

몇 년 전 가을, 도토리와 밤이 한가득 열렸다. 유독 이렇게 잘 열리는 해가 있다. 산책길에 누렇게 떨어져도 아무도 탐내지 않는다. 아침 이슬에 반짝이는 도토리가 한 곳에 몰려 있어 한꺼번에 한 주먹씩 줍는 재미가 있다.

도토리는 벌레가 먹기에 수확하면 얼른 삶아야 한다. 도토리묵을 만들려 했더니 생각처럼 나오지 않는다. 다른 먹거리가 많아 도토리를 손질해 먹기도 귀찮아진다. 사서 먹으나 만들어 먹으나, 배고플 때 먹었던 맛에 이르지 못하니, 맛에는 방정식이 없다.

고향에는 도토리 나무가 많다. '도토리 키 재기'라고 하지만 도토리라고 다 같지는 않다. 도토리는 종류에 따라 길쭉하고 통통하고, 크고 작고, 크기도 모양도 제법 여럿이다. 일찍 내리는 도토리도 있고 늦게 떨어지는 것도 있어서 9월부터 시작해 눈이 내릴 때까지 보인다. 바람이 불면 도토리가 후두둑, 빗방울 떨어지는 소리를 내며 내린다.

도토리가 잘 열린 나무를 만나면 순식간에 가져온 용기를 가득 채울 수 있다. 사람들은 도토리가 많이 열린 나무를 찾기 위해 새벽부터 일찍이 산으로 올랐다. 누군가 훑고 지나간 곳을 다른 사람이 지나고, 숱한 사람이 줍고 있어도 도토리는 계속 내린다. 그곳의 도토리가 다 떨어지면 다른 곳으로 이동한다.

고향에서 도토리는 곡물처럼 귀한 대접을 받는다. 도토리 값은 주식이었던 강냉이 가격과 거의 비슷하거나 더 높을 때도 있다. 도토리가 내리기 시작하면 국가는 개인에게 도토리 할당량을 주어 거두어갔다. 도토리는 수요자가 많다. 강냉이를 얻으려면 봄에서 가을까지 수고롭게 일해야 했으니, 가을 산에 내리는 도토리는 자연이 주는 선물이다. 너도나도 도시락을 싸들고 산에 올랐다. 계절이 지나 눈이 내리기 전에 서둘러야 한다.

주워 온 도토리를 오래 보관하려면 가마에 쪄서 말려두어야 한다. 집집이 가마를 걸고 도토리를 삶느라 바빴다. 도토리 삶는 냄새는 한약 내리는 냄새처럼 쓰고 텁텁하다. 도토리는 진한 커피색이 나올 때까지 푹 삶아야 한다. 도토리가 껍질을 터치고 속살을 보일 때 건져서 따가운 가을 햇볕에 바짝 말린다. 잘 손질한 도토리는 상품이 되어 시장에 나간다.

도토리는 술의 원료로도 쓰이고 식량으로도 이용된다. 도토리의 떫은맛을 없애면 아주 부드러운 음식이 된다. 여기에 강냉이나 밀가루를 섞으면 도토리국수가 된다. 기계를 거쳐 나온 국수는 까맣고 윤기가 흐른다. 차거운 김치 국물에 말아먹으면 독특한 향에 멋을 더해준다.

도토리를 감자처럼 삶아서 뭉개어 설탕을 넣어서 주먹밥으로 만들어 먹었다. 도토리로 빚은 술은 아주 맑고 맛도 좋다. 다른 것에 비해 발효도 잘되고 알코올도 많이 나온다. 먹거리에 조금이라도 도토리가 섞이면 이름도 도토리 가래떡, 도토리 국수, 도토리 부침이 된다.

도토리묵은 도토리 전분으로 만든다. 도토리 껍질을 발라 제분소, 방앗간에 가서 가루로 만들거나 망돌*에 갈아 자루에 내린다. 녹말을 만들 때에는 떫은맛이 사라질 때까지 물을 갈아준다. 떫은맛을 뺀 전분을 가마에 넣고 되직하게 끓여서 식히면 도토리묵이 완성된다.

---

*   '맷돌'의 방언

묵은 살아있는 생선처럼 꿈틀거리며 파동을 일으킨다. 먹기 좋게 나뉘어 그릇에 담긴다. 한 입이 귀했던 시기, 양념장을 올리고 숟가락에 담아 입안 가득, 야무지게 먹었다. 도토리묵의 튕기는 듯한 파동은 시간과 정성을 들여야 만날 수 있다.

새벽같이 일어나 십여 리 길을 걸어다니고, 가랑잎을 뒤지던 기억은 아득하다. 그러나 새벽이슬에 반짝이는 도토리가 수북이 내린 나무를 발견했을 때의 기쁨과 떨림은 그대로 남아 가끔은 허리 굽혀 줍기도 한다.

도토리묵 만들기

재료

도토리, 양념장(간장, 마늘, 파, 고추, 참기름, 고춧가루)

만드는 방법

1. 껍질을 벗긴 도토리를 갈아 물에 불려 떫은맛을 없앤다.

2. 체에 밭아 가라앉은 녹말에 웃물 갈아주기를 반복한다.

3. 도토리 녹말을 가마에 넣고 저어주며 끓인다.

4. 되직하게 익으면 그릇에 담아 식힌다.

5. 먹기 좋게 썰어 양념장과 같이 그릇에 담는다.

쿡 누르면 스르르 넘어가는 묵, 맛으로 먹는다면 오이 냉국에 풀어도 좋고, 동치미 국물에 말아도 좋다. 양념장을 푹 퍼서 묵과 함께 막걸리를 한잔해도 좋다. 묵을 만드는 것도 녹말을 얻기까지 공정이 어렵지, 녹말만 있으면 간단하다. 녹말 양의 두세 배 되는 물을 녹말과 함께 넣고 끓여서 식히면 묵이 된다.

망돌에 갈고 자루에 비틀어 짜고 밤새 물갈이를 하는 공정이 사라졌다. 계절에 상관없이 언제 어디서나 녹말가루를 구매할 수 있다. 별미로 먹었던 묵은 이제 별미가 아니다. 이것저것 골라서 먹고 이렇게 저렇게도 만들어볼 수 있다. 귀하지도 특별하지도 않다.

특별한 음식으로 먹을 때에는 한 입이 새롭더니, 빠르게 변하는 음식문화 사이에서 만드는 즐거움과 먹는 즐거움이 줄었다. 맛있는 음식을 권하면 "저 다이어트 중이에요" 하는 말을 듣는다. 의사는 1그램이라도 줄여야 건강에 좋다고 한다. 굶주리는 것도 힘들지만, 맛있는 음식을 눈앞에 두고도 먹지 못하는 고통도 만만치 않다.

살기 위해 먹는 묵은 그것에 풀때기를 넣었든지, 풀 같은 묵이든지 가리지 않는다. 묵이라 하기는 거칠고, 아니라고 하기는 애매한 묵이 되지 못한 묵 같은 것이 있다. 허겁지겁 들어가는 숟가락이 포도청 같은 목구멍을 기절시킨다. 이렇게 먹는 음식은 먹어도 먹어도 배부르지 않으며 살도 찌지 않는다. 먹어도 아니 먹은 듯 흔적도 없고, 언제 먹었냐는 듯 계속 먹게 된다.

세상 다시 없을 아비규환, 절규, 공포……. 부채마로 울고 웃었던 순간이 떠오르며 허기가 몰려온다. 한 숟가락에 생명이 걸려있어 그것을 얻으려고 무거운 짐을 지고 신의주로, 혜산으로, 남양으로 국경에 몰려갔다.

부채마를 캐낼 힘도 없고, 국경으로 갈 여비도 없는 사람은 먹는 행위조차 할 수 없어 그대로 누워버린다. 누가 누구를 도울 처지가 못 되어 각자의 방법으로 하루를 버티어 살아내는 수밖에 없다. 밀가루를 적게 넣어 만든 죽 아닌 묵, 묵 아닌 죽을 먹으며 안깐힘*을 쓰며 살아남았다.

*   안간힘

제철 식재료로 만들어 먹는 음식은 그 자체로 아름답다. 제철에 따라 만든 묵은 도토리묵, 풋강냉이묵, 녹묵, 메밀묵이 있다. 불려놓고 갈고 찌고 삶아 먹는 음식은 고유한 맛이 있다.

맛있게 배부르게도 먹었고, 부족하게 배고프게도 먹었다. 맛있게 먹을 때는 풋내가 나는 강냉이를 갈아서 묵으로 만들었을 때고, 배고프게 먹었을 때는 아주 적은 밀가루로 풀인 듯 묵인 듯 먹었다. 밀가루가 묵이 되도록 쑤어 먹었던 시기는 짧다. 풋강냉이로 강냉이묵을 먹었던 때는 길다. 굶주림이 트라우마로 남은 1990년대의 일이다.

부채마 뿌리를 보자 현기증이 난다. 밀가루 한 술이 얼마나 귀했는지 모른다. 한 숟가락을 먹지 못해 가족을 잃었고, 한 숟가락이 있어 살았다. 허기지게 한 끼를 먹으려 허리띠를 조였다. 후르륵 마시면 끝인 풀죽을 먹으며 이것으로 얼마나 버틸 수 있을지 계산했다. 나는 생각하기도 끔찍한 그 시기를 잊어보려고 필사적으로 노력한다. 남쪽으로 와서 그사이 몸무게가 십 킬로그램 붙었다. 움직이기도 힘들고 숨이 가쁘다. 어쩌다 부담스럽게 살이 내게로 왔는지 모르겠으나, 무엇이든 가득 먹어야 안정되는 몸을 어떻게 관리해야 할지 아득하다. 산에도 오르내리고 강가도 걸으며 살 빼기에 전념한다. 그래도 남은 뱃살을 감추는 데 열심이다.

남쪽 사람들은 튀김을 하고 나면 밀가루로 프라이팬을 닦는다. 밀가루가 아깝지 않냐고 물었더니, 주방세제를 쓰는 것보다 친환경이라 좋다고 한다. 이제 나는 아깝지 않게 프라이팬을 닦으면서 뻔뻔해졌다. 언제 그런 고생을 했냐는 듯 밀가루 한 줌에 목숨을 걸었던 기억도 멀어져 간다. 풋강냉이묵 만드는 방법은 도토리묵 만드는 방법과 비슷하다.

풋강냉이묵 만들기

재료
풋강냉이, 양념장(간장, 마늘, 파, 고추, 참기름, 고춧가루)

만드는 방법

1. 풋강냉이알을 물에 불려놓는다.

2. 망이나 기계에 보드랍게 갈아 채에 밭는다.

3. 녹말이 가라앉으면 윗물부터 먼저 끓인다. 녹말 앙금을 넣어 눌어붙지 않도록 저어준다.

4. 되직해지면 네모난 그릇에 담아낸다.

5. 식으면 보기 좋게 담아 양념과 함께 그릇에 낸다.

비오는 날, 전을 부친다. 비 내리는 소리를 들으며 지글 자글 지지는 부침의 리듬이 귀맛 좋게 들린다. 그렇게 기름에 지진 부침은 뜯어먹는 재미가 있다. 비오는 날 기름에 전을 부치면 크고 작은 기억이 몰려온다.

배고플 때 풍겨오는 전 부치는 냄새는 창자를 뒤집곤 했다. 냄새를 막을 방법이 없으니 이웃과 나누어 먹었다. 나누어 먹어야겠다는 생각이 있는 것만도 착한 일이다. 사악해질 때는 아귀아귀 먹어도 부끄럼 없을 때가 있다.

수동구에서 작은 시골로 이사했다. 주택이 마련되지 않아 웃방살이*를 했다. 더부살이처럼 몇 년을 살면서 기름에 자글거리는 부침도 제대로 해 먹지 못했다. 남의 집을 빌려 살면서 주제넘게 고소한 기름내를 풍기는 것도 눈치가 보이는 일이다.

몇 년을 그렇게 살다 집이 마련되어 이사했다. 아버지

---

*   '남의 집 웃방을 빌려 사는 살림살이'를 의미한다. 비어있는 방을 임시로 빌리는 형태로 당시에는 임대료가 없었으며 집이 마련될 때까지 잠시 머물렀다.

소망대로 가구를 맞추어 넣고 유리창도 멋지게 달았으나 얼마 지나지 않아 집터는 학교 부지가 되었다. 인구가 늘어나니 남녀 혼합이던 학교를 여자 중학교로 분리한다는 것이었다. 집이 있던 자리는 수영장*과 운동장이 되었다. 아버지의 낙담하던 표정이 떠오른다. 집이란 가장 소중한 안식처이고 가족이 살아갈 수 있는 둥지이다. 살 만하면 이사하고, 살 만하면 이사를 하게 되니 가장인 아버지가 느꼈을 책임의 무게가 새삼스럽다.

당시로서는 조금 괜찮게 지었다는 5층 아파트로 이사했다. 방 두 개에 목욕탕이 있고 창고에 부엌이 딸려 있었다. 두 세대씩 열 가정이 있는 아파트였다. 그 주변으로 하모니카 단층집이 늘어서 있었다. 단칸방이 일반적인 시기, 두 칸짜리 집에 이사하려고 아버지 수완이 발휘되었다.

아파트 주변에 하모니카 단층집이 있으니 자글거리며 부침을 하기가 불편했다. 아파트에 사는 열 집 중에 부침

* 북한의 학교에는 반드시 수영장이 있다.

을 자주 해 먹을 수 있는 가정은 몇 집 되지 않는다. 고소한 냄새가 아파트 베란다를 타고 오르기도 하고, 늘어선 단층집으로 속속 들어간다. 문이 열려있는 집부터 전을 주고 돌아오면 정작 집에 남은 것은 얼마 되지 않았다.

의사와 탄광에서 급여를 받는 사람은 먹이사슬처럼 엮여있다. 아프면 치료를 받아야 하고, 고통이 멈추면 고맙다고 백번 절하고 성의를 표하려 한다. 식용유를 다루는 곳에서 일하는 사람이 치료를 받은 뒤 커다란 통으로 기름을 가져와 풍족히 먹었던 적도 있었다. 식용유를 많이 사용하는 곳은 기업에서 운영하는 '영양제 식당'이다. '영양제 식당'은 석탄을 더 많이 얻기 위해 탄광 지하에서 일하는 사람들에게 특별한 서비스를 해주는 곳이다. 음식이 풍부한 남쪽에서는 그게 별거냐 생각할 수 있겠지만, 힘든 일을 하는 노동자들은 아주 작은 특별 대우에도 감격한다. 그러고는 '충성경쟁'을 하며 일한다.

고향에서는 대개 제사를 지내는 추석과 한식에 지글 자글 전을 많이 부친다. 고소하고 비릿한 냄새를 피워야 귀신이 와서 흡족히 먹고 간다. 생선 굽고 전 지지는 냄새가 동네를 휘감고, 그날은 키우는 개들도 기분이 좋아서 꼬리를 휘젓고 다닌다.

강냉이전, 농마전, 메밀전, 감자전……. 여러 가지 전 중에서도 수수전이 기억에 남는다. 수수전은 찰수수를 수확해 가루로 만들어 기름을 두르고 지진다. 거기에 팥이나 콩을 넣어 속을 넣기도 했다. 기름의 고소함과 쫀득한 식감이 잘 어우러진다.

고향의 동네 한구석에 고물이 되어가는 발방아*가 있었다. 발방아를 이용해 두 사람이 박자에 맞추어 누르면서 가루를 찧는다. 평소에는 잘 사용하지 않다가 설이나 추석 명절 방앗간에 찧을 양이 많아 시간 내에 못할 것 같으면, 사람들은 발방아로 몰려든다. 쿵 내리찍고, 재빨리 가루를 번지기를 반복해, 찧은 것을 다시 체에 쳐서 보드랍게 된 가루만 얻는다. 공정이 길고 번잡하지만 수수전 하나 먹으려고 인내하며 기다렸다. 고생스럽게 만든 수수

---

*   디딜방아의 강원도, 함경도 방언으로 발로 디디어 곡식을 찧거나 빻는 방아를 말한다.

전이라, 그때 생각을 하며 지금도 불깃한 수수전을 자주
찾는다.

부침에 돼지기름을 쓰기도 하지만, 콩기름이나 강냉
이눈에서 짜낸 식물성 기름을 많이 사용했다. 명태가 많
이 잡힐 때면 명태 간으로 만든 간유도 쓴다. 기름이 부족
한 나라에서 기름골*이라는 식물을 개발**해 부족한 식
용 기름을 해결하려 했다. 1980년대, 식물학자인 백설희
는 기름골 연구사업에 몰두해 영웅이 되었다. 이 이야기
는 〈열네번째 겨울〉***이라는 제목의 영화로 제작되기도
했다.

기름골 개발에 성공하자 정부에서는 기름을 대량 생산
하기 위해 함경도 고원군 덕지강 유역의 평야에 기름골을
심었다. 나도 기름골을 가을하러 갔었다. 기름골은 땅콩

---

*   사초과의 여러해살이풀. 덩이줄기로 기름을 짜거나 식료품 공
         업의 원료로 쓰고, 잎은 가죽의 먹이로 쓴다. 북한 정부에서는
         식용유를 얻기 위해 기름골을 연구, 개발했다.
**   북에서는 자력갱생이라고 한다. 해당 자원을 지역 자원에 맞게
         개발하기에 세계적 추세에는 맞지 않는 것도 있다.
***   리춘구, 〈열네번째 겨울〉, 1980

보다 달고 맛있으나, 수확이 시원치 않았는지 이후 사라
졌다.

먹거리가 풍부한 남쪽. 이제 비오는 날이면 나는 빈대
떡을 만들어 먹는다. 녹두를 갈아서 찹쌀가루 조금, 파,
청양고추, 고사리를 넣어 기름에 익힌다. 리듬에 맞추어
지글 자글 전이 익기 시작하면 조급했던 마음이 차분해
진다.

찰수수 지짐 만들기

재료
찰수수, 기름, 소금,
설탕

만드는 방법

1. 찰수수를 물에 불려 되직하게 갈아놓는다.

2. 소금을 넣어 간을 맞춘다.

3. 식용유를 두르고 재료를 넣고 앞뒤로 뒤집으며
익힌다.

4. 그릇에 담아 설탕을 뿌린다.

한국에서는 음식을 할 때 "요리한다"라고 하는데, 연변에서는 "차오차이"라는 말을 많이 쓴다. 차오차이[炒菜]는 야채나 고기를 기름에 볶는다는 뜻의 중국어다. 그만큼 볶는 음식이 많고, 음식에 기름을 많이 사용한다는 뜻이기도 하다.

"차를 굴리는 휘발유 없이 살아도 먹는 기름 없이는 못 산다"고 하는 중국이다. 중국요리에 기름을 많이 쓰는 것은 예로부터 중국에서 땅콩이 많이 나기 때문이라고 한다. 때로는 음식을 볶는 과정에서 깊고 우묵한 프라이팬에 불까지 끌어올려 장관을 연출하기도 한다.

중국음식은 무엇이나 기름에 튀긴다. '차오차이'니 '요우자'[油炸] (기름에 튀기다)라는 말이 무엇인지도 몰랐다. 볶고 튀기는 음식이 많다 보니 입모양만 보고도 알아챘다. 그냥 "짜~"라고만 해도 알아듣는다.

연변은 조선족 자치주다. 연변에서는 출근하는 도시 사람들이 아침시장을 많이 이용한다. 사먹는 것이 집에서 요리해서 먹는 것보다 가격도 저렴하고 여러 가지를 골라 먹을 수 있는 장점도 있다. 아직 날도 밝지 않아 어스름한 새벽, 시장에 가면 조선족, 한(漢)족, 만주족, 여러 민족이 뒤섞여 나름의 솜씨를 뽐내고 있다. 눈앞에 펼쳐진 특색 있는 음식 사이에서 무얼 먹어야 좋을까 한 번에 고르기란 쉽지 않다.

마화麻花라는 중국식 꽈배기가 있다. 나는 기름에 튀긴 이 꽈배기를 좋아한다. 머리채를 엮듯이 타래져 겉면이 노릇하게 튀긴다. 마치 20대 한창 나이에 굵직하게 땋아서 잔등에 늘리고 다녔던 머리 모양과 같다. 꼬임을 풀면 하얗고 부드러운 속살이 나온다. 이것을 베어 물면 고소한 기름이 가득 고인다.

'세상에 이런 맛도 있었단 말이냐?' 하고 놀랐을 때가 1985년이다. 두만강 너머 외사촌 오빠와 언니가 마화를 박스로 가져왔다. 미치게 좋았으나 아버지가 아끼는 바람에 마음껏 먹지 못했다.

이후 두만강 너머 연변에 살면서 이것을 참으로 좋아했다. 마화에 죽 한 그릇 먹고 출근하는 간편하고 실용적인 음식문화를 누리는 사람들이 부러웠다.

번거롭게 아침밥을 지을 필요 없이 새벽시장에 들러 간단히 먹고 출근하는 사람들. 저마다 특색을 가진 음식이 이들을 기다린다. 아침 장사를 하는 사람들이 일찍 자리를 잡고 손님을 부른다. 새벽같이 일어나 기름때가 반질거리도록 만드는 음식은 보는 재미와 골라먹는 재미가 있다.

시부모님은 얼마나 부지런한지 새벽같이 일어나 제철에 나오는 오이나 토마토를 씻어 달구지에 실어 시장에 가져가시곤 했다. 준비한 채소를 모두 팔아 그 돈으로 시장 안팎을 돌면서 고기나 당면을 사들고 돌아오셨다. 돼지고기나 소고기는 푹 삶아 잘게 찢어 양념을 만들어 밥과 국으로 먹고, 돼지고기는 강냉이국수에 고명으로 올렸다. 돼지고기는 고소하기에 국물로 국수에 들어갈 육수를 만든다. 한 해에 한 번은 송아지를 잡아 마을 잔치를 했다.

시어머니가 만든 김치는 명태가 들어가지 않아도 쩡~하게 맛있다. 겨울이면 수확한 콩으로 기름을 짜고, 메주를 만들고 두부도 만든다. 메주로 된장국을 끓이는데, 한국에서는 보지 못한 음식이다.

　연변에 사는 민족들에겐 각각 주특기를 자랑하는 음식이 있다. 콩 음식인 된장, 두부는 조선족이 잘 만든다. 튀김이나 찐빵은 한족이 잘 만든다. 시장을 돌다 보면 기름에 튀기는 음식은 한족이 만들고, 된장, 국수는 조선족이 팔고 있다. 간혹 한족이나 조선족이 된장이나 튀김을 팔기도 한다. 그러나 같은 재료로 만들었는데도 서로의 고유한 맛에는 이르지 못한다.

　나는 특색 있는 음식 사이를 오가며 맛의 신세계를 경험했다. 각자의 자부심으로 만들어내는 음식은 저마다 이야기를 가지고 있다. 한족 사람은 앞치마에·때가 반질거리도록 요리하는 근면함과 검소함을 자랑한다. 조선족은 깨끗하고 담백한 콩 음식에 대한 자부심이 있다. 그러면서도 한족은 조선족 음식을 좋아하고, 조선족은 한족이 만든 속 없는 빵(만두)과 기름에 튀긴 마화를 먹고 출근하기를 좋아한다. 사랑에는 국경이 없다고 하는데, 음식 사랑도 그렇지 않을까.

나는 깐또우푸[干豆腐]라는 중국식 건두부를 특별히 좋아했다. 두부를 압착해서 만든 것으로 연변 조선족 사람들은 건두부를 좋아한다. 삼각형으로 썰어 돼지고기에 볶고, 오이와 면을 넣어 냉채를 만들기도 한다. 여기에 향채인 고수풀을 얹어놓으면 건조한 재료에 향까지 더한 맛좋은 요리가 된다.

건두부 냉채 만들기

재료

건두부, 오이, 파, 마늘, 향채, 깨, 소금, 식초, 간장, 산초기름 또는 고추기름, 설탕

만드는 방법

1. 뜨거운 물에 살짝 데쳐서 말랑해진 건두부를 가늘게 썰어 준비한다.

2. 오이를 반으로 갈라 어슷하게 썬다.

3. 건두부에 파, 마늘, 소금, 식초, 간장 설탕을 넣고 버무린다.

4. 마지막에 산초기름과 향채를 넣어 한 번 더 버무려 그릇에 담는다.

5

어제와 오늘, 맛과 기억을 요리하다

어
류
·
육
류

바다를 건져 먹고 살았던 사람들

　남쪽에서 반려견은 가족 같은 존재로 사랑받는다. 동
물을 반려하지 않아도 사람들은 개와 고양이를 좋아한다.
어떤 정치적 이슈보다도 동물을 키우는 영상이나 지능이
높은 '천재견' 관련 유튜브의 조회수가 월등히 높다. 반려
동물에게 신체적으로 고통을 주거나 정신적으로 학대하

는 행위를 처벌하는 관련 법규도 있다.

북에서는 아직 동물을 가족처럼 사랑하는 문화가 없다. 동물은 식용이라는 인식이 더 높다. 그러니 아무리 충견이고 주인이 사랑하는 견이라 할지라도 결국 식탁에 오른다. 이전에는 푹 삶아 고기를 실처럼 찢어 국물과 먹었다면 지금은 수육, 갈비찜을 해먹는 등 요리 방법도 다양해졌다.

그렇더라도 이북은 여전히 육류보다는 어류이다. 식물성 단백질로 콩이 유일하지만, 동물성 단백질을 얻으려면 먹거리 재료인 강냉이 사료가 있어야 한다. 풀이 많다고 염소, 토끼 키우기를 장려하고, 강 있는 곳에 닭과 오리를 키운다. 아무리 노력을 해도 식량 문제를 해결하지 않으면 곡물 사료를 먹는 가축을 대량으로 키우기는 난감하다.

남쪽에 와서 식성이 육식으로 변한다. 등심, 안심, 목살, 갈비, 족발, 뼈까지 고아 먹는다. 돼지고기뿐 아니라 소고기, 닭고기, 오리고기, 염소고기……. 없는 게 없다. 강아지도 고기 맛을 알아버리면 사료를 입에 대지 않으니 사람도 마찬가지다.

고기 맛을 알아버리면 고기 없는 밥상이 아쉽다. '국민 고기'로 사랑받는 삼겹살은 바닷가 사람들도 생선을 등지고 먹는다. 노릇하게 구워 마늘과 된장을 놓고 상추에 싸 먹는 게 기막히게 맛있어 육고기를 거절할 방법이 없다.

남쪽에서 1960년, 1970년대 돼지갈비가 유행했고, 1980, 1990년대에는 삼겹살이 유행했다. 고기에 대한 수요는 늘었으나 IMF로 주머니 사정이 어려워졌다. 그러니 등심 아래 갈비에 붙은 값싼 살을 찾게 되면서 이 부위는 국민음식이 되었다. 삼겹살은 이제 값싼 부위가 아니다.

한국에 와서 처음으로 강원도 어느 펜션에 갔다. 반으로 자른 드럼통에 숯불을 피우고 석쇠 위에 고기를 구웠다. 바람 따라 방향이 움직이는 연기를 이리저리 피하면서 구워내는 고기 맛에 빠졌다. 한국으로 왔다고, 반갑다고, 그렇게 마련된 자리에서 당연히 그러한 듯 맛있게 먹었다. 모닥불도 멋있었다. 별이 총총한 밤하늘에 모닥불이 타오르고, 불빛으로 스치는 번들거리는 얼굴들이 원시림 부족 같았다.

북쪽은 육고기가 흔하지 않다 보니 채식 위주의 식사를 많이 한다. 곡식을 먹는 짐승보다 풀을 먹는 짐승을 키우라고 선전한다. 고기를 먹으려는 욕망을 충족시키지 못하니 집에서 돼지를 기른다. 사료를 먹은 돼지는 고소하고, 풀을 많이 먹은 돼지는 기름이 적다. 돼지기름은 부침을 할 때 쓰기에 버리지 않는다.

육고기로 개를 키워 단백질을 보충하기도 한다. 개는 번식력이 뛰어나 한 번에 새끼를 열두 마리씩은 낳았다. 그러고는 한 달이 좀 지나면 토실토실한 강아지를 이웃과 나눈다. 주워온 개가 잘 자란다는 속설도 있다. 주인에게 충실한 개는 목줄을 하지 않아도 떠나지 않고 집을 지킨다. 사람을 좋아하고 죽을 때를 알면 슬며시 도망간다. 이런 명물이 식용으로 쓰일 때, 사람들은 자신이 직접 하지 못하고 다른 사람에게 시키기도 한다.

일만 하다가 식용이 되는 소보다는 덜 아쉽겠지만, 주인집 밥을 얻어먹고 정을 주고는 고기까지 내놓는 개를 아니 키울 수 없다. 그러니 주인에게 꼬리콥터를 열심히 젓는 충견을 '개고기'라고 하지 않고 다른 언어를 붙여 북에서는 '단고기' 남쪽에서는 '보신탕'이라 한다.

육류보다 생선 얻기가 더 쉽다. 밀려오는 고기떼에 그물을 던져 건져 올리면 된다. 바다에 다시마, 미역, 조개를 양식하면 쉽게 먹거리를 얻을 수 있다. 그러니 어려운 시기 강이나 바다를 건져 먹고 살았던 사람들이 그나마 살만했다. 시골 사람들은 산을 벗겨 먹고, 산을 벗겨 먹으니 그다음에 찾아오는 것은 산사태였다.

명태 미역국 만들기

재료

미역, 명태, 두부, 식용유, 간장, 파, 마늘, 소금

만드는 방법

1. 잘 씻은 미역을 잘게 썰어 식용유에 볶는다.

2. 미리 끓여둔 육수를 넣는다.

3. 육수가 끓어오르면 5cm 크기로 자른 명태를 넣는다.

4. 10분쯤 지나면 나박모양으로 썰어놓은 두부를 넣는다.

5. 파를 송송 썰어서 넣고 간을 맞춘다..

맥주 안주로 노가리가 나왔다. 노가리라는 이름을 가진 물고기인 줄 알았다. 알고 보니 명태 새끼다. 맥주 안주로 먹는데, 그 많은 노가리를 어디서 잡아오지? 새끼 명태를 맥주 안주로 맛있게 먹을 수 있다니. 북에는 노가리가 없다. 새끼 명태가 맥주 안주가 된다는 걸 상상이나 할까. 명태는 금태가 된 지 오래다. 그래서 새끼 명태를 바다에 방류한다. 이것이 커서 어미 명태로 잡히기를 기다린다. 새끼를 방류해도 잘 자라 성어가 될지는 미지수이다. 지구 기온이 상승했고, 산처럼 명태가 밀려오던 시기는 옛말이 되었다.

1960년대에 태어나 50~60대를 지나고 있는 사람들은 명태를 포함해 자연산 생선을 넘치게 먹었다. 나라가 기울어지니 생선도 사라지고, 북한산 명태를 구하기도 힘들다. 혹여 북한산이라고 가져오는 명태는 러시아산을 가공한 것이다. 동해안에서 작고 담백한 자연산 명태를 먹고 자란 사람은 귀신같이 명태맛을 알아낸다.

고향도 변하고 있다. 자연산 생선을 잡기 어려우니 양
식이 많아졌다. 김, 미역, 다시마와 같은 해조류 양식량은
세계 5위를 차지한다.[*] 북한에서는 오래전부터 해조류를
양식했지만, 생산량이 지금처럼 많지는 않았다. 산을 벗
겨먹기보다 바다를 이용하는 게 이득이라는 것을 이제야
알게 된 모양이다. 도토리 할당량을 주어 다람쥐 먹거리
까지 주워오던 시기는 지나고 양식이라도 미역이나 다시
마를 먹을 수 있다면 좋은 것이다.

　철갑상어부터 자라, 열대 메기 등 양식하는 어종도 다
양해지더니, 이제는 개인이 미꾸라지 양식을 한다. 미꾸
라지는 늪이나 진흙 속에서 잘 자란다. 논에서 꼬리치며
다니는 미꾸라지는 가을철 보양식이다.

　나는 특별히 미꾸라지에 관심이 갔다. 북쪽에 있을 때
나는 "세치네가 크면 미꾸라지가 된다"는 이야기를 들었
다. 형부가 그렇게 맛있게 먹었던 세치네가 미꾸라지인가

[*]　유엔 식량농업기구(FAO), '2020년 세계 수산양식 현황'(SOFIA 2020) 보고서, 2020

싶어 여러 자료를 찾기도 했다. 아직 세치네가 확실히 미꾸라지가 된다는 글은 발견하지 못했다. 각 지방에서 세치네로 부르는 물고기는 모양이 조금씩 다르기 때문이다. 그럼에도 나는 언니와 형부가 보고 싶을 때마다 추어탕을 먹는다.

북쪽에서는 코로나19로 장삿길이 막힌 사람들이 텃밭이나 마당, 아파트 옥상에도 미꾸라지 양식을 한다. 미꾸라지 새끼를 가져다 웅덩이를 만들어 환경을 조성해주고, 가을에 도매로 넘기는 수완까지 발휘한다. 미꾸라지는 원가가 적게 들고 돼지고기보다 싸게 팔린다. 그러니 장삿길이 막혀 있는 사람들이 앞다투어 키우는 것이다. 가격도 킬로그램당 한화 7천 원에서 8천 원이다. 한국에서 판매되는 미꾸라지보다 훨씬 저렴하다.

북쪽에서는 아열대 지방에서 서식하는 열대 메기를 양식한다. 열대 메기는 사료가 적게 들고 성장 속도가 빠르니 잘만 되면 단백질을 보충하는 주요 수단이 될 것이라 생각한 모양이다. 따뜻한 물이 나오는 온천이나 공업용수가 있는 곳에 서식장을 만든다. 생산되는 메기가 적지 않은 수량이라니 행여 우리 언니도 맛보지 않았을까.

메기 요리도 많아졌다. 선전용인지는 알 수 없어도 이전에 열대 메기는 없었다. 어류 양식을 했지만 지금처럼 열대 메기를 키우고, 개구리나 미꾸라지를 키워서 팔아 식량과 바꾸는 일은 생각할 수 없었다. 당장 한 끼가 중요해 악착스럽게 산을 벗겨 먹고 살았는데 지금은 양식 생선을 먹는 시대로 변했다.

가을이면 미꾸라지는 추어탕이 된다. 미꾸라지를 푹 삶아 양념에 내기(방아잎)를 넣고 끓이는 추어탕이 있고, 두부 속에 미꾸라지를 넣어 만든 것도 있다. 살아있는 미꾸라지가 가마에 들어가 뜨겁다고 요동을 칠 때 찬 두부모를 넣으면 그 속으로 파고든다. 그러면 국물에 간장과 고추장, 파와 내기를 넣고 끓인다. 두부를 꺼내 납작하게 썰어 그릇에 담고 국물을 붓고 초피가루*를 뿌린다.

---

*   강원도와 서해 도서지방 이남의 산지에 서식하며, 향신료의 일종으로 산초와는 달리 열매의 겉껍질을 주로 쓴다. 아린 맛이 특징이다.

고향에도 노가리를 맥주 안주로 먹는 날이 오면 좋겠다. 자연산은 기대하기 어렵고, 양어장에서 키운 노가리라도 식탁에 올라, 멀어져가는 마음을 가까이하고 싶다. 늘 좋은 음식을 혼자 먹는 것 같아 죄책감이 든다. 맥주 한 잔에 자연산 명태를 이야기하고, 미꾸라지나 열대 메기 이야기를 하면서 대화하고 싶다.

너는 어디서 왔고 나는 어디로 가는지가 중요하지 않다. 멋있는 식탁에 맛있는 음식이면 그만인 것을.

추어탕 만들기

재료

미꾸라지, 두부, 녹두나물, 양배추, 풋고추, 파, 마늘, 소금, 간장, 고추장, 방아잎(내기), 참기름, 초피가루

만드는 방법

1. 해감을 토한 미꾸라지를 가마에 넣고 푹 끓인다.

2. 흐물흐물해진 고기를 건져 뼈를 걸러낸다.

3. 가마에 파, 마늘을 볶다가 미꾸라지 국물을 붓고 간장, 고추장을 넣는다.

4. 끓을 때 양배추와 녹두나물, 납작하게 썰어놓은 두부를 넣는다.

5. 마지막으로 방아잎을 넣고 끓여서 그릇에 담고 초피가루를 뿌린다.

향수는 모두를 포용한다. 자신이 살았던 지역을 지금도 줄줄이 꿰는 사람이 있는가 하면, 말끔하게 잊은 사람도 있다. 그렇더라도 몸이 기억하는 것이 있으니, 그 시기 먹고 살았던 음식이다. 고향 동창들끼리 만나는 사람도 있고, 라오스, 미얀마, 태국, 캄보디아를 거치면서 우정으로 뭉친 사람들이 각자 다른 모습으로 만난다. 잊힌 사투리를 즐거이 듣고, 고향 음식을 먹으며 지나간 날을 돌아본다.

어죽에 얽힌 추억은 깊다. 불꽃 튀는 청춘들이 밀고 당기면서 멋을 뽐냈던 시절이다. 연애라고 가르쳐준 적 없어도 연애편지는 기차게 잘 쓰는 사람이 연애는 못 하고 남의 연애에 끼어들어 말밥에 오르면, 어죽을 먹으며 억한 마음을 풀었다. 사랑은 느낌이라며 무작정 손부터 잡고 시작하는 연애는 천박하다고 뒤에서 거품 물고 욕하는 사람은 연애를 해보지 못한 사람일 것이다. 청춘이고 젊음이 있는데 무엇인들 아름답지 않으리.

여럿이 강 위쪽부터 아래쪽까지 뛰어다니며 물고기 몰이를 해서 잡는다. 강변에 가마를 걸고 장작불을 피워놓고 잡은 물고기를 손질해 가마 가득 끓여 늘어지게 하루를 즐긴다. 기타를 잘 치거나 노래 잘하는 사람이 인기가 있다. 그러다 소낙비라도 쏟아지면 황급히 줄행랑을 친다. 숙박시설이 없으니 당일치기로 경치 좋은 곳을 골라 직장 동료나 친구들과 놀다 보면 어쩌다 얻은 일탈의 시간이 휘딱 지나간다. 산해진미 부럽지 않은 음식의 풍요인데 그깟 어죽이 무어라고 달랑 두 마리를 죽 가마에 넣어도 맛있다며 저마다 그릇을 비운다. 그릇을 정리하려 보니 물고기 두 마리가 가장자리에 밀려나 가마 옆에 말라붙었다. 준비한 감자며 콩나물이며 된장이며 모두 털어 먹고 그래도 어죽을 먹었다고 십오 리 길을 쌩쌩 잘도 걷는다. 경치 좋은 강변을 찾아 늘어지게 하루를 일탈했던 시간은 맛으로 남았다.

고향을 떠난 사람들은 고향에서 먹었던 어죽 맛에 허기져 있다. 일박 이일 일정으로 강화도에 간 적이 있다. 도착하자마자 청진 남자들이 앞치마를 두르고 부엌을 점령했다. 환경이 사람을 이렇게 변화시키다니. 북쪽 남자가 앞치마를 두르고 직접 요리하는 풍경을 보게 되었다. 청진 남자들은 조개류를 많이 넣고 어죽을 끓였다. 비법은 여자들이 더 잘 알 법도 한데, 오히려 여성들이 음식에 무심했다.

청진 사람들은 손도 크다. 그날 흑염소 한 마리를 잡았다. 먹어본 사람이 맛을 안다고 남자들이 고기를 저미고 숯불에 굽고, 엄청나게 커다란 왕문어도 가져왔다. 농사를 짓는 사람은 직접 재배한 풋옥수수를 챙겨왔다. 한 잔 술에 살아온 이야기를 나누고, 한 잔 술에 눈물을 흘리는 사람도 있다. 밀려오는 파도처럼 사투리는 여전히 거칠다. 나긋한 말보다는 상처가 되겠지만 오히려 격한 사투리에 즐거워한다.

한국에 입국해서 정식 일자리를 얻기 전까지 집 근처에서 아르바이트를 했다. 처음으로 아르바이트를 한 곳은 횟집이었다. 나는 식탁에 오르는 생선회보다 수조에서 꼬리치는 생선이 더 희한했다. 주문을 받으면 그물로 건져서 펄떡거리는 것의 비늘을 벗기고 저며내어 그릇에 담는 모습도 신기했다. 먹는 방법도 여러 가지라 상추에 싸 먹고 참기름장에도 찍어 먹는다. 살아서 꿈틀거리는 것을 입안에 넣었다가 빨판이 목에 붙는 바람에 기겁한 적도 있다. 하지만 신선하게 쫀득거리는 맛은 대체할 음식이 없어 바닷가에 살았던 사람들이 생선회에 돌아버리는 이유를 알 것 같다.

씻고 닦아도 사라지지 않는 흔적이 주름살을 만드니, 그렇다고 자궁으로 돌아갈 수도 없다. 비바람에 거칠어진 나무가 갑자기 온실에 들어온 것처럼 도리어 편한 환경이 익숙하지 않아 어리둥절, 눈빛은 여전하다.

고향 음식을 허기지게 먹고 있는 이들의 뒷잔등을 보고 있자니 비온 뒤 산허리를 감고 피어오르는 안개 같은 것이 느껴졌다. 오르고 오르다 오르지 못하고 그대로 잠들어버릴 것 같다.

생각해보면, 아버지도 고향 음식에 대한 그리움을 엄마보다도 더 적극적으로 드러내셨다. 엄마는 끼니를 준비하는 데 집중한 반면, 아버지는 이전에 먹었던 음식을 만

드는 데 진심이셨다. 음식을 만들면서 아버지와 어머니는
오래된 이야기를 나누었다. 어디에서 무슨 음식을 어떻
게 만들었고 누구와 먹었다는 이야기였다. 맛을 알고 그
맛을 잊지 못해 부모님이 견디었을 고생이 따갑게 다가
온다.

천렵 어죽 만들기

재료
물고기, 쌀, 감자, 콩
나물, 풋고추, 파, 마
늘, 소금, 기름

만드는 방법

1. 쌀을 씻어 불려놓고 채소는 적당한 크기로 썬다.

2. 돌을 쌓아 가마를 걸고 불을 지핀다.

3. 물고기를 볶다가 물을 넣고 쌀과 나머지 채소를
   넣는다.

4. 쌀알이 풀어질 때까지 저어가면서 익힌다.

5. 마지막에 파와 소금을 넣고 그릇에 담는다.

고향의 맛을 담은 아바이 순대와 돼지국밥

거리에는 모밀내가 났다

부처를 위하는 정갈한 노친네의 내음새 같은 모밀내가 났다

어쩐지 향산(香山) 부처님이 가까웁다는 거린데

국수집에서는 농짝 같은 도야지를 잡아 걸고 국수에 치는 도야

지고기는 돗바늘 같은 털이 드문드문 박혔다

나는 이 털도 안 뽑은 도야지고기를 물끄러미 바라보며

또 털도 안 뽑은 고기를 시꺼먼 맨모밀국수에 얹어서 한입에

꿀꺽 삼키는 사람들을 바라보며

나는 문득 가슴에 뜨끈한 것을 느끼며

소수림왕(小獸林王)을 생각한다 광개토대왕(廣開土大王)을 생각

한다

_백석, 「서행시초(西行詩抄), 북신(北新) 2」*

이 시는 백석 시인이 28세였던 1939년, 고향인 평안북
도를 여행하면서 쓴 시이다. 국수집에 앉아 국수에 들어
갈 돼지고기와 이를 맛있게 먹는 사람들을 바라보는 백석

---

*   백석, 「서행시초(西行詩抄), 북신(北新) 2」, 조선일보, 1939

의 모습이 그려진다. 시「국수」에서는 '수육 삶는 냄새 쩔쩔 끓는 삿방을 좋아한다'고 했다. 수육 이야기를 한 것을 보면 오래전부터 북쪽에 돼지를 사육하는 사람이 많았던 모양이다.

용인은 '백암순대'가 유명하다. 용인에는 조선시대부터 전국에서도 다섯 손가락 안에 꼽히는 우시장이 있었다. 전국적으로 거래량이 가장 많은 우시장으로 함북 명천과 길주 다음으로 용인 백암장을 꼽는다. 용인 백암은 전국적으로 돼지 사육 두수가 가장 많은 지역이다. 함경도 출신의 이억조가 순대와 국밥을 만들어 팔았는데, 그것이 용인 백암순대의 시초가 되었다. 백암순대는 아바이 순대처럼 야채에 선지와 찹쌀을 넣어 만든다.

강원도 속초에는 아바이 마을이 있다. 고향을 떠난 사람들이 전쟁이 끝나면 고향에 돌아가려고 고향과 가까운 속초에 자리를 잡았다. 고향을 잃은 사람들은 먹고살 길이 막막해지자 고향의 맛을 살려 순대를 만들었다. 돼지를 기르는 일은 개인이 하던 것에서 기업 수준으로 성장했다. 양돈업이 성행하자 흔해진 부산물에 야채와 선지,

내장을 넣어 아바이 순대를 만들었다. 함경도 사투리인 아바이 순대는 당면을 넣은 순대보다 훨씬 고급 음식으로 인식되며 가격도 더 비싸다.

부산의 대표 음식인 돼지국밥은 설렁탕과 비슷해 보이지만 설렁탕보다 가격이 저렴해 더 쉽게 접할 수 있는 대중음식이다.

돼지국밥은 뼈를 고아 뽀얀 국물에 창자나 머릿고기 등을 넣어 만드는 국밥요리다. 6·25 전쟁으로 고향을 떠나 부산에 머물게 된 실향민이 만든 음식이다. 피난을 떠난 실향민들은 쉽게 얻을 수 있는 돼지고기 부속물로 밥과 국을 한꺼번에 해결할 수 있는 음식을 만들었다. 간편하면서도 영양가 있는 국밥을 만들었고, 이는 오늘날 돼지국밥으로 명맥을 이어가고, 경상도 지역의 향토음식 하면 '국밥'이라는 이야기가 나올 정도로 대접받는다.

고향에서 어려웠던 시기, 돼지국밥과 유사한 음식이 장마당에서 인기였다. 밥에 따뜻한 국물을 넣고 고기 한 점 없은 고기국밥은 든든한 식사가 되었다. 종일 집 밖에서 장사하던 사람들, 일당을 찾아 헤매던 사람들, 여기저기

하루를 오가던 사람들이 장마당에서 한 끼 식사를 해결했다. 장마당 국밥은 밥과 국을 준비했다가 손님이 식사를 주문하면 밥에 국을 얹어준다. 돼지고기 국물에 고기를 얹으면 고기국밥, 시래기를 넣으면 시래기국밥, 미역국을 넣으면 미역국밥이 된다.

고향에서는 개인이 집에서 돼지를 키운다. 그러니 양돈이 아직 개인에게 머문다. 국가가 운영하는 양돈 기업도 있지만 그 수는 많지 않다. 개인은 직접 돼지를 키워 식량과 맞바꾸고, 협동조합이나 공동체에서 돼지를 구매하여 특별한 날에 모여서 순대를 만든다. 돼지순대는 지역마다 재료가 조금씩 다를 수 있어도 내장과 선지를 넣고 쌀과 채소를 넣는 것은 비슷하다. 어려운 시기, 돼지는 고기국밥이 되어 단백질을 공급해주는 장마당 인기 음식으로 자리매김했다.

남쪽에는 천안 병천순대, 용인 백암순대, 제천 한방순대 등 지역에 따라 다양한 순대가 있다. 순대를 전문으로 하는 신림순대타운 같은 곳도 있고 마트에서도 쉽게 순대를 사먹을 수 있으니 순대가 참 흔하다. 이 순대 천국에서 '아바이 순대'는 의미가 크다. 정작 함흥에는 없으나 전쟁을 기억하게 하고 고향으로 가지 못하는 사람들이 만든 음식, 아바이 순대다.

돼지순대 만들기

재료

돼지 창자, 돼지고기, 내장, 쌀, 선지, 돼지 기름, 배추(시래기), 참기름, 소금, 파, 마늘, 후춧가루, 내기

만드는 방법

1. 돼지밸을 깨끗이 씻어 1미터 길이로 잘라 한쪽을 묶는다.

2. 내장은 다지고 쌀은 깨끗이 씻어 물에 불리고 배추는 데워 잘게 썰어놓는다.

3. 재료를 넣고 고루 섞어 순대소를 만든다.

4. 순대소를 넣고 공기가 들어가지 않게 묶는다.

5. 물에 잠기도록 순대를 넣고 순대가 익기 시작하면 뒤집어 주면서 구멍을 낸다.

6. 순대가 익으면 식혀서 참기름을 발라 일정한 두께로 어슷썰어 그릇에 담는다.

힘들고 지치면 명태나 오징어를 뜯는다. 오랜 시간이 지났어도 고향에서 먹던 기분은 여전하다. 마음이 힘들면 어김없이 비릿한 생선음식이 그립다. 쌀밥에 동태국, 김치만 있으면 세상 더없이 행복했던 시절이다.

한국에서 길을 걷다 보면, 담백한 동태국을 멋스레 먹을 수 있는 식당을 어렵지 않게 볼 수 있다. 누군가 내게 무엇을 먹을까 물으면 나는 주저 없이 동태탕이라 한다. 먹어도 먹어도 허기지게 당기는 명태는 하루 세 끼 먹어도 질리지 않는 밥처럼 나의 뼈가 되고 살이 되어 떼어낼 수 없는 한 부분이 되었다.

북에서 나와 한국으로 입국하면 국정원에서 약 한 달간 조사를 받아야 한다. 그러고 나면 안성에 있는 하나원으로 옮겨 석 달간 초기정착교육을 받는다. 하나원에 머무는 때에는 아직 대한민국 국민으로 승인이 나지 않은 상태이다. 이때는 밖으로 나갈 수 없어 자유롭지 않다. 새로운 희망과 불안이 엇갈리는 때이다. 모두가 각자의 사연을 품고 있어도 공통된 점이 있으니, 하나같이 명태와 오징어 뜯기를 좋아한다는 것이다. 향수를 자극하는 명태, 오징어를 씹으며 막막한 불안을 꾹꾹 눌러 참았다. 용돈을 털고 부족하면 누구에게 부탁을 해서라도 기어이 가져다 먹는다.

명태, 오징어가 무어라고 그리도 집착하는지, 막막하고 답답한 마음과 향수를 누르며 오징어를 씹는다. 명태와 오징어는 평생 몸에 각인된 맛으로 불안한 상황을 이길 수 있게 해주었다.

많은 시간이 지났음에도 명태, 오징어 사랑은 멈추지 않으니 어디를 가도 눈에 띄고 먹고 싶은 것이 명태나 오징어로 만든 음식이다. 이를 알고 있는 한국 사람은 북한 이탈주민을 많이 만났거나 관심 있게 바라본 사람이다. 내가 사는 아파트 단지에는 같은 시간대에 채소와 생선을 파는 차들이 온다. 가격이 저렴하기 때문에 동네 사람들이 많이 구매하는데, 그중에서도 동태를 유독 욕심내어 많이 사가는 사람은 예외 없이 고향 사람이다.

손으로 북북 찢어 뜯으며 수다를 떨면 흡사 옛 모습을

보는 듯하다. 아무리 세련된 사람이 되려 해도 명태를 뜯는 순간만큼은 아이가 된다. 턱이 아프도록 씹으면 스트레스도 사라진다. 헛헛한 마음은 명태나 오징어를 뜯으며 조금이나마 채워진다. 손으로 집으면 먹을 수 있는 가공된 오징어보다 모양이 온전히 보존된 딱딱한 말린 오징어나 말린 명태를 좋아한다.

가공된 명태 맛은 동해안에 위치한 신포, 흥남, 청진에서 잡혀 얼고 녹기를 반복해서 자연이 만드는 맛에 이르지 못한다. 비슷한 맛을 얻으려 고향 분들이 강원도에 덕장을 만들어 명태 말리는 일을 하고 있다. 먹어본 사람이 맛을 알고, 먹어본 사람이 맛을 내는 것이니 같은 맛이 아니라도, 그것만으로도 향수에서 오는 허기를 달랠 수 있다.

명태순대를 만들어 밖에 걸어놓으면 황태처럼 얼고 녹기를 반복한다. 명절이나 반가운 손님이 오면 별식으로 내놓았다. 어획량이 줄어들면서 이제는 추억으로 남았다. 명태의 황금시대를 간직한 사람들은 이제 실오리 같은 추억을 더듬어 러시아산 동태를 찾는다.

명태순대 만드는 재료와 방법은 지역마다, 사람 손맛에

따라 다르다. 함경북도에서는 명태 머리로, 함경남도에서는 몸통으로 만든다. 명태 창자와 곤이에 배추나 콩나물, 두부를 넣어 잘 다져서 넣고 걸어놓으면 얼었다 녹기를 반복한다. 명절이 되거나 손님이 오면 꽁꽁 얼어붙은 순대를 가마에 쪄낸다. 명태순대를 명태살과 함께 양념에 찍어 먹는다.

한때는 흔하게 먹었고 그것을 먹으며 살았기에 추억이고 그리움이 된다. 명태를 먹으며 잊고 살았던 고향을 생각한다. 서로가 고생하는 형제와 자식들을 떠올리며 이야기를 쏟는다. 낯선 상황을 이겨내며 살아야 하기에 명태, 오징어가 필요하다. 익숙한 맛은 새로운 생활에 적응하는 데에 안정제 역할을 한다. 생각하지 않으려 해도 떠올라 먹어야만 살도록 하는 몸에 새겨진 맛을 어찌할 수 없다.

명태순대 만들기

재료

명태, 쌀, 내장, 배추,
파, 마늘, 두부, 녹말,
소금, 후춧가루

만드는 방법

1. 밥은 고슬하게 지어놓는다.

2. 명태머리를 떼어내고 아가미 쪽으로 내장을 꺼
   낸다.

3. 깨끗이 씻어 후춧가루와 소금을 뿌린다.

4. 명태살, 애, 고니는 다져놓고 배추는 데워서 잘게
   썰어 물기를 뺀다.

5. 재료를 고루 섞어 소를 만든다.

6. 명태뱃속에 소를 다져 넣고 찜솥에 쪄낸다.

국광 사과를 먹으면 떠오르는 얼굴

함흥 근처 과수원이 있는 곳으로 시집간 언니 덕분에 사과를 맘껏 먹었다. 과일이 붉게 익어가는 사과밭에서 제일 좋은 것을 골라 먹었다. 볼이 붉은 사과를 싫도록 먹었다.

국광이며, 홍옥, 부사 등 이름도 종도 다른 사과가 많이 열리면 가지가 휘어진다. 국광은 껍질이 단단하다. 가을에 사과를 저장용으로 움 속에 넣었다가 봄에 꺼내면 가을 사과보다 더욱 좋은 맛을 낸다. 국광이 가장 좋고 홍옥은 이름처럼 빨갛고 껍질이 얇아 가을에 소비한다.

눈이 예쁘게 생긴 언니는 공부도 잘해서 팔에 별과 줄이 그어져 있는 간부 표식을 달고 다녔다. 몇 번을 이사하다 보니 잘하던 공부는 내려놓고 문학에 관심이 있어 글을 쓴다고 했다. 글씨체가 좋아서 컴퓨터가 없는 시절 문서를 대필하는 곳에 불려다녔다.

언니는 연애를 잘했다. 그래서 제일 멋진 사람과 결혼하는 줄 알았다. 그러다 마지막으로 선택한 사람이 과수원에서 일하는 농사꾼이었다. 부모님이 아무리 뜯어말려도 소용없었다. 엄마는 누워버렸고, 아버지는 아무 말도 하지 않았다.

언니는 완강한 반대에 부딪쳐 고민을 거듭하더니 어느 날 사라져버렸다. 그러고는 수확기에 사과를 가득 지고 나타났다.

나는 그렇게 싱그러운 향이 풍기는 사과를 처음 보았다. 지금까지 먹은 사과는 사과도 아니었다. 집 안은 사과 향기로 가득했다. 사과 꼭지는 나무에서 따온 그대로 싱싱했다. 언니와 함께 나타난 농사꾼 청년이 농촌에서 햅쌀로 만든 찰진 떡이며 음식을 가득 가져와서 약혼하자고 무작정 들어오는데, 자식을 이기는 부모가 없다. 한잔 술에 아버지 마음이 넘어갔다. 그 청년은 나의 형부가 되었다.

함경남도 고원군 수동구는 사과보다 복숭아, 자두가 많다. 학교로 가는 길 언덕에 복숭아밭이 있었다. 재밌는 소설책이 있으면 수업을 빠지고 복숭아밭에 들어가 책을 읽었다. 한창 외국도서가 나오기 시작할 때 『샬록홈즈』『몽떼 크리스토 백작』*『베니스 상인』을 읽었다. 그리고 '특수 작전'이라는 책에 빠져있던 기억이 난다. 특수 임무를 수행하는 요원이 인체 실험을 하는 비밀기지에 들어가 임무를 완수하고 돌아오는 내용이다.

수동구에서 발원한 강을 따라 북쪽으로 기차를 타고 고

---

*　　각 작품명의 북한말 표기를 표준어 규정에 따라 고치지 않고 뉘앙스를 살렸다.

원에서 현흥, 금야로 가다 보면 과수원들이 눈에 들어온다. 청배라고 부르는 조롱박처럼 생긴 푸르스름한 배가 엄청 달고 맛있었다. 북쪽으로 갈수록 사투리가 심해지고 북청이 가까워지면 말이 빨라진다. 그래서 '덤베 북청'*이다. 수동이라는 시골에 살다가 함흥 사과를 보고 놀랐듯이 북청사과는 그에 못지않게 이름값이 있다. 북청이 고향인 사람에게 북청이 함흥보다 어떠냐 물으면 눈빛을 반짝이며 애정이 듬뿍 담긴 목소리로 자세히 설명한다.

이번에는 물줄기를 따라 반대쪽으로 가보자. 따뜻한 남쪽으로 천내, 문천, 원산 쪽으로 가면 감이 많다. 정주영 회장의 고향인 강원도 통천에서는 감이 많이 나온다.

수동구는 감나무도 없고 사과도 작았다. 함경도와 강원도 평안도로 가는 삼각지에 위치한 고원에 가면 주변 농가에 감나무가 있다. 잎 떨어진 나무에 달린 홍시를 보는 것만도 가을이 아름다운데, 홍시가 나뭇가지에 매달려 눈을 맞는 풍경은 더욱 아름답다.

---

* 봉이 김선달이 대동강 물을 팔았다는 데에서 유래한 말로, 서둘러 덤벼 물 한 짐이라도 더 팔겠다는 뜻이다. 북청 물장수처럼 아무 데나 덤빈다는 의미를 내포하는 북한말이다.

언니가 시내로 시집간 덕분에 함흥이 옆집처럼 가까워졌다. 덩달아 언니 집 주변에 있는 도지방총국기능공학교에서 옷을 디자인하는 기술을 배우는 행운도 얻었다.

서해안에 위치한 순천에 아버지 친척이 있었고, 동해안에 위치한 함흥에는 외사촌 오빠와 언니가 살고 있었다. 사촌언니는 함흥시 회상구역 이화동에 있고, 사촌오빠는 1980년대 지어진 고층건물인 23층 원형아파트에서 살았다. 사촌언니는 모방직공장에서 일하고 사촌오빠는 룡성기계공장에서 일했다. 오래전의 일이다. 혹여라도 잊기 전에 이렇게라도 한 줄 남겨야겠다는 생각이 든다.

국광은 저장했다가 다음 해 봄에 먹어야 맛있다. 처음 한국에 왔을 때 사과만 먹었다. 나는 계절에 관계없이 먹을 수 있는 사과에 열광했다. 그러나 아무리 먹어도 20대를 불태웠던 사과 맛을 얻을 수 없다. 현지에서 따온 사과와 마트에서 사먹는 사과 맛이 다르다. 그래도 다이어트에 좋고 피부도 좋아진다 하니 매일 사과를 먹으려 한다.

가지가 휘어지게 주렁진* 사과를 액자에 넣어 보관하고
싶은 가을이다.

사과화채 만들기

재료

사과, 설탕, 오미자(마
른 것), 잣, 물

만드는 방법

1. 껍질 벗긴 사과를 얄팍하게 썰어 당분을 넣고 재
   운다.

2. 오미자는 10시간가량 불려 발그레한 물에 설탕
   을 넣어 끓여 식힌다.

3. 오미자물을 우려 화채 국물을 만든다.

4. 재워놓은 사과 조각에 차게 식힌 화채 국물을 넣
   고 잣을 몇 알 띄운다.

*   '주렁주렁 열리거나 많이 매달리다.

북쪽은 '무우'라 하고 남쪽은 '무'라 한다. 단무지는 북쪽 염장무와 맛과 색깔, 쓰임이 다르다. 단무지는 대개 노란색에 단맛이 강하고 염장무는 오렌지색에 짠맛이 강하다. 남쪽에서는 단무지를 김밥 재료로 많이 사용하며, 짜장이나 짬뽕 같은 중식, 일식에 기본 반찬으로 곁들인다. 고향에서 가을무를 절여 봄에 먹는 염장무는 봄에 달래와 짝꿍이 되어 김치로도 만들고 무침, 냉국으로 변신하면서 밥상에 오른다.

가을 염장무 재료를 독에 차곡차곡 넣고 색깔 고운 찰진흙을 풀어 넣는다. 한 뽐* 정도 높이를 진흙으로 덮어 아구리를 봉인한다. 봄이 되어 날이 따뜻해질 때 개봉하면 염장무는 색깔고운 오렌지색으로 물들어 냄새도 향기롭다. 가늘게 썰어 물에 담가 짠물을 빼고 달래나 고춧가루에 기름을 조금 넣고 버무려 먹는다. 겨울 김치가 떨어

*   '뼘'의 방언

질 즈음에 봄 달래와 함께 물에 타먹으면 맛있는 반찬이
된다.

단무지를 일본말로 다꾸앙이라고 한다. 일본식 단무지
는 등겨에 무를 절이고 염장무는 색깔 고운 진흙에 무를
절인다. 염장무우를 다꾸앙이라고 말하는 사람도 있고,
다꾸앙이 아니라고 하는 사람도 있다. 염장무우든 다꾸앙
이든, 나는 줄여서 염무, 염장무우라 불렀다.

고향에서는 무를 많이 심고, 많이 먹는다. 무가 잘 자라
고 맛도 달고 맛있기에 김치에도 무가 많이 들어간다. 무
밥에 무국에, 무김치에 무채를 먹는다. 말린 무를 무오가
리라 한다. 따뜻한 봄날 움 속에 들어있는 무를 꺼내 과일
처럼 깎아 간식처럼 먹는다. 움 안에서 싹이 올라온 무로
물김치를 담근다. 무가 건강에 좋다는 뜻으로 '산에는 산
삼이 있고 밭에는 무가 있다' 하며 무를 많이 먹었다.

가을에는 땅을 파고 무를 차곡차곡 넣고서 흙으로 덮는
다. 그리고 가운데 구멍을 내고 볏짚을 넣어 숨구멍을 내
준다. 무를 저장할 때 무청을 뜯은 자리에 잿가루를 묻혀
주면 바람이 들지 않는다. 바람이 들었다는 건 무 속이 비

어있다는 것이다. 무가 수분을 증발시켜 구멍이 숭숭 생긴 것을 바람이 들었다고 한다.

가을이면 무밭을 그냥 지나갈 수 없다. 허리 절반을 내놓은 무를 뽑아 그 자리에서 껍질을 발라내 깨물어 먹는다. 아그작 씹히는 무를 먹고 나서야 '아차' 하고 남의 밭에 무단으로 들어온 것을 알아챈다. 서리꾼들의 습격을 당한 밭에는 뱀이 허물을 벗은 듯 무 껍질이 꼬부라져 어지러이 널려 있다. 무밭을 그냥 지나는 사람이 없다. 무연한 무밭에서 무 한 개쯤 뽑아 먹고 싶은 충동은 누구에게나 있다.

수동병원은 수동구에서 제법 면적이 큰 병원이다. 3층 건물 주변에는 여러 개의 병동이 있었다. 산 중턱에 있는 병원으로, 조금 올라가면 일반인의 출입이 제한된 결핵병동이 있고 산 위로 병원 직원들이 심는 부업기지 밭이 있다. 용기가 변변치 않으니 땅을 파고 비닐을 깔고 가을무를 넣는다. 소금을 넉넉히 넣고서 고운 진흙을 사이에 채워 봉인하고 봄에 개봉하면 색깔 고운 오렌지색 염장무우가 된다. 오렌지색이 나오지 않으면 잘못 눌렀거나, 색깔

고운 흙을 넣지 않고 소금에 절였을 수도 있다.

기업에서도 부업기지에 무를 심고, 개인도 일궈놓은 밭에 무를 심는다. 여럿이 협동조합처럼 무를 심었다. 가을이면 여기저기 참가해 무를 수확해 집으로 가져와야 하는 일이 남아있다. 눈이 내리기 전에 가져오지 못하면 산에 묻어놓는데, 식량 사정이 어려워지면서 도둑이 많아져 집으로 가져와야 마음을 놓았다. 크고 작은 무를 등에 지고 비탈길을 내려올라치면 무게에 밀려 넘어지고 다치면서 한 개라도 놓칠세라 알뜰히 걸어온다.

무를 먹고 먹다가 다 먹지 못하거나 바람이 들려는 조짐이 보이면 길쭉이 썰어 말린다. 말린 무오가리는 쌀 씻은 물에 불렸다가 간장에 파, 마늘, 고춧가루를 넣어 무치고 기름에 볶아 먹는다. 무오가리를 콩장에도 넣고, 장아찌도 만든다. 간장을 넉넉히 넣어 무오가리에 조미료를 넣으면 장아찌가 된다. 짭쪼름한 장아찌를 강낭밥에 곁들이면 맛있는 반찬이 된다.

지금은 무엇이든 심고 먹을 때까지 힘겨운 수고를 하지 않아도 된다. 마트에는 계절에 상관없이 음식을 만들 수 있는 재료가 늘 있다. 오렌지색 염장무가 아니라도, 식재료는 넘치게 많다. 그럼에도 봄이 찾아오면 고향의 달래와 오렌지색 염장무가 생각난다.

염장무 달래 무침 만들기

재료
염장무, 달래, 마늘, 식초, 설탕, 고춧가루, 기름, 참깨

만드는 방법
1. 염장무를 가늘게 채쳐 물에 담근다.

2. 짠물이 빠진 염장무와 달래에 마늘, 고춧가루, 식초, 설탕, 기름을 넣고 버무린다.

3. 참깨를 뿌려 그릇에 담는다.

"네 얼굴은 왜 그렇게 납작하니?"

2021년 개봉한 영화 〈미나리〉*에 나오는 대사다. 낯선 곳에서 주인공 데이빗(엘런 김)에게 친구가 말을 건넨다. 주인공과 친구의 만남은 이렇게 시작된다. 〈미나리〉는 전 세계인을 울리며 인기몰이했다. 지극히 평범해 보이는 이 영화는 미국으로 이주한 가족의 이야기를 담았다. 봉준호 감독의 〈기생충〉(2019)에 더불어 호평받으며 아카데미 시상식 후보에도 올라 한국 배우 최초로 여우조연상 트로피를 품에 안았다는 사실이 믿어지지 않는다.

코로나19로 텅 빈 영화관을 독차지하고 영화 〈미나리〉를 보면서 정이삭 감독이 '미나리'에 어떻게 자신의 경험을 담고 표현하려 했는지 살펴보았다. 손자와 할머니가 투닥거리며 서로의 문화를 배우고 나란히 칫솔질하며 서로를 닮아가는 곳. 척박한 땅에서 '가족'으로 하여금 느끼는 인간미에 마음이 포근해졌다. 무엇보다도 영화를 보면

---

*   정이삭 감독, 〈미나리〉, 2021

서 울컥했던 것은 도입부에서 모니카(한예리)가 한국에서 미국으로 온 어머니를 눈물로 포옹하는 장면이었다. 가족의 재회는 그 자체로 얼마나 감동적인 설정인가. 어머니가 가져온 멸치를 보고 또다시 울컥하는 모니카. 고향의 언어는 잊힌 것을 기억하게 한다. 고향의 맛은 곧 고향의 언어, 어머니다. 고향의 말 한마디, 어머니의 말은 다른 이의 백 마디 말보다 더 큰 감동으로 다가온다.

미나리의 약효인지 손자의 병은 기적적으로 호전된다. 대신 할머니가 병을 얻고, 실수로 그동안 일군 것들을 태워버린다. 손자의 안내를 받으며 할머니는 집으로 돌아간다.

집, 그곳은 피할 수 없는 숙명처럼 가족이 있는 장소다. 이러한 설정에는 고통을 이겨내고 새로운 희망의 메시지를 전하려는 감독의 의도가 담겨 있다. 그리고 그 힘은 가족이라는 의미로 전달된다. 바퀴가 달린 집이라도 가족과 함께 있다는 것은 고통을 희망으로 바꾸는 힘이 된다는 것을 깨닫게 한다.

영화에 몰입하면서 고향에서 많이 먹었던 '미나리 김치'

가 떠올랐다. 아마도 탈북민이라는 존재로서의 본능 때문인지도 모른다. 미나리는 번식력이 뛰어나고 식용과 약용으로도 경제적 가치가 있는 식물이다. 그리고 너무 흔하게 널려 있어 기억에서조차 사라진 식재료다. 멀리 미국으로 이민을 갔어도 어머니를 만날 수 있고 고향의 맛을 간직할 수 있다는 것은 축복이다.

영화를 보고 미나리를 기억했다. 이제는 그 맛과 향을 대신할 수 없다. 부모님은 돌아가셨고, 겨우 살아남은 언니는 북쪽에 있어 생사조차 알지 못한다. 언니는 탈북하다 잡혀서 강원도 부근에 오랫동안 구류되었다. 적은 돈이나마 보내려 해도 함흥 지역이라 송금이 쉽지 않았다. 불과 몇 시간 걸리지 않는 곳에서 언니와 나는 다른 세계를 살아간다.

떨어지지 않으려, 서로를 잡으려 했지만 가족은 흩어졌다. 그리고 이제는 다시 만날 수 없게 되었다. 너무 보고 싶어 꿈에라도 보게 해달라고 빌었다. 그러면 정말 꿈속에 부모님이 보이고 언니, 오빠가 보였다. 꿈에서 웃어주던 가족의 얼굴을 생각하며 하루하루 희망을 걸었다.

기억하는 것은 잊는 것보다 힘들다. 간절함도 차츰 무 뎌져가고 추억과 그리움은 조금씩 다른 것으로 채워졌다. 이제는 가족을 생각하지 않고도 살 수 있을 것 같다. 서울 말을 하고 옷도 세련되게 입고 얼굴을 치장하면 새로이 한국인으로 태어나 과거는 잊고 살 수 있을 줄 알았다. 아 마도 내가 북한학 공부를 하지 않았으면 그렇게 되었을지 도 모르겠다. 분단국가에서 북한학은 제정신으로 공부하 기 힘든 학문이다. 아물어가는 상처에 붙은 딱지를 떼어 흐르는 피를 보아야만 하는 학문이다. 잊는 것도 힘들지 만 기억하는 것도 고통이다.

미나리를 잊고 살았다. 영화 〈미나리〉를 보면서 지천에 널려있던 미나리를 기억했다. 미나리처럼 낯선 사회에서 살아내는 주인공 모습에 감동했다. 영화는 낯선 땅에 뿌 리를 내려 살아가는 가족의 모습으로 공감을 얻는다. 그 러나 돌아갈 고향조차 없는 사람들에게 희망은 무엇일까. 자식과 헤어진 어미는 죄책감으로, 어미를 잃은 아들은 트라우마에 시달린다. 분단이라는 현실에 묶여 잊기도 기 억하기도 어렵다.

미나리 김치 만들기

재료

미나리, 마늘, 파, 소
금, 고춧가루, 밀가루

만드는 방법

1. 미나리 줄거리를 길이 5~6cm로 썰어 소금에 절
   인다.

2. 찬물에 씻어 물기를 없앤 미나리에 고춧가루, 채
   친 파와 마늘, 소금을 두고 버무려 단지에 넣고
   뚜껑을 꼭 덮는다.

3. 3시간가량 지나면 밀가루로 멀건 풀을 만들어 소
   금으로 간을 맞추어 넣는다.

식어버린 꼬장떡, 꼬장꼬장한 꼬장떡. 운치 있게 꼬리를 뽑아 꼬리떡으로도 만들고 둥글넓적 세 손가락 도장을 찍고 콩고물 팥고물을 묻혀 꼬장떡을 만든다.

강낭 꼬장떡은 식으면 꼬장꼬장해지지만 쌀로 만든 꼬리떡은 식어도 말랑하고 쫄깃하다. 꼬장떡은 서민들이 먹었던 것이고 쌀로 만든 꼬리떡은 잔칫상에 놓는다.

찰지게 반죽한 쌀가루를 잎사귀 모양으로 비벼 꼬리를 만든다. 반죽이 무르면 꼬리가 잘 나오지 않는다. 거기에 문양이 새겨진 떡살을 박기도 하고 동그랗게 말아 왕사탕 모양으로 만들기도 한다. 다른 떡에 비해 만들기도 쉽고 선물로 이웃에 나누어도 손색없다. 색의 조화를 넣어 멋을 내는 것은 결혼이나 의례 행사가 있을 때이다. 잔칫상에 색의 조화로 운치를 더하는 꼬리떡을 겹겹이 높이 쌓아 상차림을 한다.

2020년 10월 경기도 국립아세안휴양림에서 아시안 음식문화를 선보이는 행사가 있었다. 내고향만들기공동체에서 참가한 10명의 회원들과 이 행사의 북한 음식 코너에서 꼬리떡을 만들었다. 색의 조화를 살려 알록달록 축제의 분위기를 더해주는 고향 음식은 눈길을 끌었다. 중국, 베트남 등 맛 좋은 음식이 많았음에도 북한 음식 코너에 대기 줄이 길게 늘어서 눈물 나게 고마웠다.

남쪽 쌀은 찰지다. 밥을 해도 맛있고 떡을 해도 맛있다. 고향에서 송편을 무수히 빚어보아 알지만 반죽을 잘못하면 송편이 터지고 이쁘게 나오지 않는다. 남쪽 쌀은 찰기가 있어 대충 빚어도 모양과 맛이 훌륭하다. 방앗간에 특별 주문해서 쑥을 넣고, 분홍색과 흰색을 넣어 아롱지게도 만들어놓아 보기에도 좋다. 고맙게도 사람들은 꼬리떡이라는 이름과 아롱진 색상에 흥미를 가진다. 그리고 꼬리떡을 먹어왔던 삶에 관심을 가진다.

떡은 오래전부터 사람들과 함께한 전통음식이다. 떡을 좋아하지 않는 사람을 본 적이 없다. 의례나 행사에 빠지지 않고 등장하는 것이 떡이다. 개업하거나 이사하고 처음으로 이웃에게 인사할 때도 떡을 돌린다. 굿을 하려고 해도 떡이 있어야 하고, 제사를 지낼 때에도 떡을 올린다. 학부모들은 자녀가 시험에 떡하니 붙으라고 학교 정문에 떡을 붙인다. 물론 고향의 부모님들은 공부를 강요한 적 없고 심지어는 공부하지 말라고도 했으니 시험이라고 떡을 붙이는 열성은 없었다. 그러나 대학을 가려고 준비하는 학생들에게 떡은 합격을 기원하며 챙기는 음식이다.

용인에 있는 비영리 단체인 내고향만들기공동체는 돌아갈 고향이 없는 사람들이 자신이 살고 있는 지역을 내 고향으로 만들고 사회에 유익한 일들을 하고자 만들어진 단체이다. 지역주민과 연대하여 지난해에 이어 올해에도 고향 음식을 만들고 나누는 행사를 했다. 그중에서도 꼬리떡을 고른 것은 누구나 쉽게 만들 수 있고 맛과 멋을 동시에 낼 수 있어 선물해도 손색이 없는 떡 중 하나이기 때문이다.

식어버린 꼬장떡조차 없어 눈물을 머금고 두만강을 넘었고 지금은 각종 재료로 마음껏 만들어 먹을 수 있음에 감사하다. 떡을 떼고 나누었던 정情을 상징하는 의미가 있었듯이 이제는 이웃과 소통하며 나누고 싶어진다. 꼬장떡 이야기를 들려주고 꼬리떡을 나누며 힘들었던 어제와 오늘을 이야기하고 싶어진다.

고향에서 일상으로 만들었던 꼬리떡을 만들고, 나누며 모두가 행복한 삶을 살아간다면 고향으로 돌아가지 못한다 해도 서럽다는 말은 아니할 것 같다. 가을 단풍이 향수를 자극하고 차가운 바람이 옷깃을 스치면 더욱더 그리운 사람들이 생각난다. 가을에 운치를 더해주는 아롱진 꼬리떡을 떼어 먹으며 추억으로 웃고 울고 싶은 계절이다.

꼬리떡은 쌀가루를 익반죽해서 가마에 쪄낸다. 가래떡처럼 길게 만들고 손으로 자름자름하게* 끊으면서 길게 꼬리를 뽑는다. 떡살로 눌러주거나 손바닥으로 눌러 잎사귀 모양을 만든다. 색상을 넣어 여러 가지 아롱진 모양을 만든다.

꼬리떡 만들기

재료	만드는 방법
쌀가루, 소금, 참기름, 식용 색소	1. 쌀가루를 가마에 찐다.
	2. 반죽하여 가래떡 모양으로 만든다.
	3. 손칼로 잘라 길게 꼬리를 뽑는다.
	4. 잎사귀 모양을 만든다.

* 자름하다. 크지 않고 작은 모양

두만강을 건너 연변에서 염지를 만났다. 이북과 연변에서는 부추를 염지*라고 불렀다. 얼핏 보면 마늘을 심은 것처럼 보이지만, 시고 매운맛이 있다. 연변 조선족 사람들은 부추를 좋아한다. 나물처럼 양념에 무치고, 부추에 계란을 넣어 전처럼 말아서 지져먹고, 만두 속에도 넣는다.

부추는 양기를 돋우는 식물이라 하여 옛날에는 부추 씻은 물도 버리지 않았다. 부추를 먹을 때는 문을 닫아걸고 서방님에게만 주었다고 한다. 부추는 심어놓으면 봄부터 시작해 가을까지 베어 먹어도 문어다리처럼 계속 돋아난다. 불안한 생활에 차가워진 몸을 따뜻하게 하려고 부추가 좋아졌나 보다. 마늘과 파 중간 즈음 있는 부추는 시댁의 배나무 밑에서 아무리 베어 먹어도 기특하게 계속 돋아났다.

해쓱해진 얼굴로 배나무 밑에 심은 부추를 베고 있는데, 행인이 길을 물었다. 가리키는 손짓은 보지 않고 나의

*   '부추'의 방언

안색을 살피더니 머리를 저었다. 아마도 나를 큰 병에 걸린 환자로 보고 차마 말하지 못하겠다는 듯, 안타까운 눈빛을 보냈다. 마침 집밖으로 나오는 시어머니에게 행인은 가만가만 머라고 쏙닥거리며 어마한 이야기를 쏟아놓고 갔다. 차마 글로 다 쓰지 못하지만 나는 졸지에 환자가 되어 걱정의 눈초리를 등에 달았다.

먼 길을 돌아와 지금 생각해보면, 머리보다 몸이 현명했다. 몸이 필요한 영양분을 알고 내게 먹도록 강요한 것이다. 그때는 부추가 당기니 계속해서 먹었다. 그래서 그런지 이내 혈색이 돌았다. 텃밭에 이랑을 만들고 씨를 뿌리려고 금을 긋고 있는데, 시어머니가 "옷을 맨들었다더니 금은 잘 긋네" 하고 칭찬해 바닥을 치던 자존감이 껑충 뛰어올랐다.

나는 맵지 않아도 매운 것 같고, 향기롭지 않은데 향기로운 부추가 좋았다. 서툰 결혼에 서럽지 않을 일에도 서럽게 살았다. 배나무 밑에 가지런히 자라는 부추를 먹으며 소박하고 아담한 생활을 이어갔다.

2006년, 한국에 왔다. 그리고 이제는 많은 시간이 지나갔다. 그동안 고마운 일이 많았다. 그중에서도 가장 기억에 남는 사람이 있다. 우리 어머니가 1935년에 출생하셨고, 그분은 1936년에 태어나셔서, 엄마처럼 좋아했던 분이다. 같은 아파트 입주민으로 교회에서 만나 자주 뵈었다.

그분은 인생의 교훈 세 가지를 늘 말씀하셨다. 첫째는 돈을 빌리고 빌려주지 말 것, 둘째로 절대로 사람을 믿지 말 것, 셋째는 혼자는 살지 말라는 것이었다.

살아온 이야기를 하시는데, 전쟁고아에 대한 이야기가 아프게 닿았다. 눈조차 뜨지 못하는 아이들 사이에서 한 아이 머리를 쓰다듬으면 다른 아이도 자신을 보아달라고, 자기 머리도 쓰다듬어달라고 손을 당겼단다. 그렇게 아이들이 자신의 무릎에서 죽어가는데도, 어찌할 방법이 없었다고 했다.

나는 그분에게 작은 것이라도 드리려 했지만 내가 드린 것보다 늘 더 많이 돌려주었다.

어느 날, 금방 만든 부추전을 집에 가져오셨다. 부추전 그릇이 엄마 손처럼 따뜻했다. 부추전은 혀라도 넘어갈

듯 부드러웠다. 설명하기 어려운 맛이었다. 이토록 고소하고 부드럽게 입안을 감도는 부추전은 처음이었다. 어떻게 만들었냐고 비법을 알려 달라 했더니, 그건 비밀이라며 공짜로 알려줄 수 없다며 재치 있게 답하셨다. 가끔 혼자서 만들어보지만 도저히 그 맛에는 이르지 못하고 내가 만들어 내가 먹는 데에 만족한다. 흉내를 낸다고 될 일이 아닌 것 같다.

남쪽 사람들도 부추를 좋아한다. 부추의 종류만 해도 다양하다. 영양부추며 굵고 약한 부추, 동그란 부추, 각진 부추까지, 어떤 것을 골라 어떻게 해먹을지 고민이다. 부추로 만드는 음식도 가짓수가 많다. 김치부터 잡채, 나물, 볶음, 무침, 심지어 죽도 해 먹는다. 순댓국과 추어탕에도 부추를 쓴다. 부추를 풍족하게 먹어서인지 사람들도 키가 크고 건강하니 튼튼해 보인다.

부추는 성질이 따뜻하고 향기가 있는 것이 특징이다. 파와 비슷한 맛이 있기에 부추 음식에는 파를 넣지 않고 마늘도 적게 넣는다. 부추를 볶을 때는 재빨리 볶아야 물기가 빠지지 않아 향기롭고 부드러운 맛이 난다. 부추를 끓는 물에 살짝 데쳐서 고춧가루 양념을 넣어 고추장에 무쳐 먹는다.

따듯한 성질의 부추처럼 '부추' 하면 따스한 사람들이 떠오른다. 어려운 순간마다 고비를 넘기게 해준 고마운 얼굴들이다.

부추나물 만들기

재료
부추, 마늘, 간장, 고춧가루, 소금

만드는 방법

1. 부추를 깨끗이 씻어 4cm 크기로 자른다.

2. 끓는 물에 슬쩍 데워 낸다.

3. 마늘과 간장 고춧가루, 기름, 소금을 넣고 버무린다.

4. 간을 맞추고 그릇에 담는다.

이 책을 처음 쓰기 시작했을 때, 막막했다. 시작은 했으나 시간이 지날수록 조바심이 나고 어떻게 줄거리를 잡고 써야할지 아무런 생각도 떠오르지 않았다. 음식 전문가도 아니면서 음식에 삶을 엮어내겠다고 했으니, 후회가 되기도 했다. 모두가 풍족하게 생활하며 좋은 곳에서 밝은 모습으로 살고 있는데, 하필이면 가난한 시간으로 역행해 쓰면서 스스로를 괴롭히는 것 같았다.

기억은 1990년대 '고난의 행군'이라는 최대의 사건에서 맴돌았다. 그것이 내게는 트라우마였고 현재의 삶을 괴롭히는 괴물이었다. 나는 내 마음을 아프게 하는 이것이 무엇인지 끝까지 가보고 싶었다. 몸도 마음도 약해져 어느 순간에 나의 심장이 멎게 되리라는 생각이 들었다.

부정을 긍정으로 만드는 힘이 필요했다. 긍정이 없으면 글쓰기는 우울해질 수밖에 없다. 마지막 숙제를 남겨둔 학생처럼 '내가 왜 음식에 집착하고 있었는지'를 생각했다. 나는 좀 더 넉넉해지기로 했다. 문장을 만들기 위해 들이는 시간과 노력을 아까워하지 않기로 했다.

이 책은 음식을 통해 나를 찾아가는 과정이다. 글을 쓰며 많이 우울했다. 그러나 긍정적으로 마무리한다. 기억에 숨어있던 고마운 분들과 만나고, 나의 형편없는 모습을 반추하기도 했다. 고마운 사람을 생각하면 헤아릴 수 없이 많다. 순간마다 어려운 고비가 있을 때 고마움은 늘 곁에 있었다. 극단적인 선택을 떠올렸던 시간에도 나와 같은 누군가가 있음으로 살았다. 나를 힘들게 했다고 생각하는 것들이 돌이켜보면 나를 있게 한 원동력이었다.

지금 나는 두 개의 비영리단체에서 활동하고 있다. 내가 좋아서 하는 일이고, 글을 쓰면서 내가 커가고 있다는 느낌이 든다. 그래서 이러한 기쁨을 함께 나누고 싶기도 하다.

2020년 만들어진 비영리단체인 내고향만들기공동체는 용인에 사는 지역주민과 함께한다. 돌아갈 고향이 없는 사람들이 자신이 살고 있는 지역을 '내 고향'으로 만들기 위한 활동을 하고 있다. 지역을 답사하고, 고향음식을 만들고 나누면서, 봉사활동을 한다. 지역주민과 협업하여 꼬리떡과 영채김치, 강냉이국수, 함경도 명태김치 등 고향 음식을 만들어 이웃과 나눈다.

2021년과 2022년에는 함경도 명태김치를 만드는 행사를 했다. 아직은 시작에 불과할지도 모른다. 그러나 이러한 행사를 통해 불안과 우울에 지친 사람들에게 색다른 음식에 대한 호기심을 주고, 북한이탈주민에게는 고향 정서를 회복하는 과정이 되기를 기대한다. 음식이 가지는 기능은 많다. 내가 먹고 내가 된 것처럼 음식으로 살아온 삶을 이야기할 수 있고, 사회와 문화를 읽을 수 있다.

비영리단체인 행복여정문학은 세 사람이 '매일반페이지글쓰기'라는 '단톡'을 하면서 시작했다. 이름 그대로 매일 한 문장이라도 쓰는 습관을 가지자는 것이다. 이를 통해 몇 사람이 작가가 되고 시인이 되었다. 당시 나는 펜을 놓으면 영원히 글을 쓰지 못할 것 같은 두려움이 있었다. 글쓰기를 좋아하거나 관심 있는 사람들이 모이면서 이 작은 모임은 2021년 '행복여정문학'으로 발전했다.

글쓰기는 생업과 연결되지 않기 때문에 재능이 있어도 쉽게 접근하기 어렵다. 북한이탈주민 모두가 가지고 있는 사연은 하나의 문학작품이고 숨겨진 보석이다. 글을 쓰면서 내가 나를 찾아갔듯이 모두가 자신 안에 있는 마음의 보석을 빛내주기를 바라는 마음이다.

책이 나오기까지 도움을 주신 분들께 감사하다.

우선 내고향만들기공동체 회원분들에게 감사하다. 고향 음식을 만들며 함께했던 시간이 글쓰기에 도움이 되었다. 밤새워 함경도순대를 만들고, 영채김치, 나박김치를 만들면서 그때 고민했던 생각이 목차가 되었다. 스치듯 지나는 말 속에 배인 정서는 문장이 되었다. 그리고 무의미함과 무가치에 사로잡혀 우울에 빠졌을 때 시작한 봉사활동에 기꺼이 동참해준 회원분들에게 감사하다. 버거운 삶에서 이윤 없는 시간에 투자하기가 쉽지 않다는 걸 알기에 더욱 고맙다.

행복여정문학 회원분들에게도 감사하다. '매일반페이지글쓰기' 단톡이 없었다면 지금의 나를 생각할 수 없다. 외롭고 고독했기에 함께 글 쓰는 동무가 절실했다. 그리고 글을 쓰기 위한 최소한의 지식도 필요했다. 초보의 엉성한 글을 읽어주고 격려하고 공감해준 이들이 있었기에 지금까지 올 수 있었다.

나는 먼저 걸어간 문인의 발자취를 따라 주옥같은 글을 읽으며 메마른 감성을 풍부히 하고 싶다. 그리고 나와 같은 생각을 가진 회원님들과 그것을 실천하고 있기에 고맙고 감사하다.

이 글이 세상에 나갈 수 있도록 힘써주신 분들에게 감

사하다. 지원을 아끼지 않은 남북통합문화센터 최현옥 팀장님, 이재연 대리님에게 감사하다. 원고를 꼼꼼히 살피고 편집한 들녘출판사 김혜민 편집자에게 고맙다. 훌륭한 출판사를 만나게 해주신 출판평론가 김성신 교수님께도 감사의 말씀을 드린다. 한 알의 열매를 맺기까지 수많은 바람과 비, 햇볕과 태풍이 필요하듯이 출판하기까지 수고한 모든 분들에게 감사드린다.

참고자료

김순몽, 박세거, 『간이벽온방』 나복저(蘿蔔菹), 1525

김소월, 「삼수갑산-차안서선생삼수갑산운(次岸曙先生三水甲山韻)」, 『신인문학』, 1934

백석, 「서행시초(西行詩抄), 북신(北新) 2」, 조선일보, 1939

안도현, 『백석 평전』, 다산책방, 2014

위영금, 『두만강 시간』, 등대지기, 2020

유순(柳洵, 1441~1517), 『속동문선』, 권3 「부산개침채기이수(賦山芥沈菜寄耳叟)」

유엔 식량농업기구(FAO), 2020년 세계 수산양식 현황(SOFIA 2020) 보고서, 2020

윤덕노, 『음식으로 읽는 한국 생활사』, 깊은나무, 2014

한국학중앙연구원 한국민족문화대백과사전

한식재단, 『그리움의 맛, 북한전통음식』, 한국외식정보, 2017

한식진흥원, 『그리움의 맛: 북한전통음식』, 2017

2021년 12월 5일
함경도 명태김치를 만들고 나눈 날, 내고향만들기공동체 회원들과 함께, 용인시에서

2022년 5월 7일
행복여정문학 회원들과 양평 황순원문학촌 소나기마을 탐방

2022년 11월 28일
내고향만들기공동체와 사립문이 함께하는 함경도 명태김치 담그기, 용인시에서

2022년 9월
출간을 준비하며 함께 모인 자리